诗人散文丛书

野性的时间

桑子◎著

河北出版传媒集团
花山文艺出版社
河北·石家庄

图书在版编目（CIP）数据

野性的时间 / 桑子著. -- 石家庄 : 花山文艺出版社, 2022.3
（“诗人散文”丛书）
ISBN 978-7-5511-6083-4

Ⅰ. ①野… Ⅱ. ①桑… Ⅲ. ①散文集－中国－当代 Ⅳ. ①I267

中国版本图书馆CIP数据核字(2022)第026096号

策　　划：曹征平　郝建国

丛 书 名：“诗人散文”丛书
主　　编：霍俊明　商　震
书　　名：野性的时间
Yexing De Shijian
著　　者：桑　子

责任编辑：师　佳
责任校对：杨丽英
装帧设计：王爱芹
美术编辑：胡彤亮
出版发行：花山文艺出版社（邮政编码：050061）
（河北省石家庄市友谊北大街330号）
销售热线：0311-88643221
传　　真：0311-88643234
印　　刷：河北鹏润印刷有限公司
经　　销：新华书店
开　　本：880 毫米×1230 毫米　1 / 32
印　　张：7.75
字　　数：152千字
版　　次：2022年3月第1版
2022年3月第1次印刷
书　　号：ISBN 978-7-5511-6083-4
定　　价：50.00元

目　录

CONTENTS

第一辑

浓雾使我们看不见群山

德浪河谷的仲夏

德浪河谷的仲夏，太阳晒裂了野葡萄。

“来吧！管什么热血倾流，德摩比利的决战死而复生，斯巴达人的遗骨齐声喧哗，只要有一个活人，我们就来，我们就来！”坎特军士高声叫喊。“加利·欧文！加利·欧文！我们将青史留名！”更多的人高声唱和。

营地不远处的林子里士兵越聚越多。

当时的确只我一个活人，我是那一个区域中唯一没有受伤的人，北越军士兵占领了我们这块地方，我假装死过去，这倒容易，因为我身上沾满了别人的鲜血，没想到北越的机枪手把我拖去做了他的机枪沙袋。他没有发现我还活着的唯一原因是他比我抖得更厉害。他看上去十七八岁的模样，而且可能是第一次上战场。他开始用迫击炮向我们排射击，我们的迫击炮排开始向他和他的机枪发射炮弹。我躺在那儿心里盘算，“这下完了，如果我站起来喊‘弟兄们，不要朝我开炮’，北越军士兵就会打死我；但是，如果像这样纹丝不动地躺在那儿，我们自己的火炮就会打死我。我真难啊！迫击炮开始在我周围爆炸，我这一生中从来没有这样难挨过，幸运的是，也没几分钟，俯在我身上的那个越南兵终于被炸死了，我只受了点儿小伤，但命保住了”。

“我虽然一直在祈求奇迹的发生，但是我已经准备好与他们同归于尽了，我把一枚手榴弹放在手臂下面，因为有一群北越兵正朝我躺着的地方走来，他们在清理战场，并开枪打死我们受伤的兄弟。就在那群北越兵走近之际，我已差不多摸到了手榴弹的引线。正在此时，一架战机超低空袭来，飞得很低，差不多只有树冠那么高，然后突然爬升，把一枚凝固汽油弹不偏不倚地投在了他们的头上。那当儿，我目瞪口呆，老天啊！那精准度将使我终身惊叹。然后我被一阵凝固汽油弹的热浪扑倒，那真像炼钢炉倾覆了一样。这救命之恩我将毕生难忘，愿上帝保佑所有的飞行员。”

“每次我们的飞机俯冲轰炸时，我就会发现对面丛林里敌人的火力顷刻松懈下来，他们把所有的武器都瞄准了俯冲下来的飞机。几小时前，我心想着，我真短命！因为我看到，我们的飞机上投下一枚燃烧弹，正朝我落下。炸弹从我头顶掠过，近得我甚至可以看得见上面的铆钉，我当时认为一定是飞行员的失误，才会把炸弹投得如此近，但是当炸弹落地，弹片飞溅的时候，离我们防线约三十米处的五六名敌军从火焰中被炸了出来。那一刻，我简直忘记了呼吸，爆炸过后，前方只剩下一架重型机枪架在土丘上还在开火，最后一枚凝固汽油弹准确无误地投在那挺机枪上，整个土丘化为灰烬。我当时想，‘到底是美国空军啊！’”

飞行员戈尔中尉，坐在树荫下一直默不作声，他驾驶的“天袭号”的作战流程是这样的，先投下凝固汽油弹，再投下一百一十公斤一枚的重型炸弹，最后使用二十毫米机炮向成群的北越人进行扫射。空袭消灭了一波又一波的敌人，地面的北越军也有企图逃离的，但他们跑不掉的。由于激战双方差不多处于混战状态，只要看到下面有成堆的北越军，他们就会行动，曾有几枚炸弹投在了自己作战防线内，因为一切仅凭目力所及，在烈焰吞没一切的时候，谁都不知道当时那儿还有没有自己人活着。

作为飞行员，谁也走不出这个彼此心照不宣的阴影，大多数时候他们会比地面作战人员更沉默。

当树林外的小路上由远而近传来声音时，他们彻底地安静了下来。后勤部队正把阵亡的士兵陆续从战场上运回来，他们被安排在医疗救护站边上一个临时帐篷里，身上逐一佩上“阵亡”的标记。哈达威中尉根据连的名册，逐一核对伤员和阵亡者的姓名。哈达威中尉曾在该连待了两年半的时间，熟悉该连所有的兄弟，现在核查伤员和辨认阵亡者的任务落到了他的肩上。他将挨个儿走到每个担架前，辨认躺在上面的朋友和战友，这真是一桩令人心碎的差事。

空气令人窒息，除了哈达威中尉外还有一个活人——来自艾奥瓦州的教士，他在替死去的士兵们祷告。

"教堂的绿宝石烛台，点燃蔷薇之火，时间被钉在十字架上，自由意志永生……"

教士话音落下的那一刻，哈达威中尉瞥见了他的好兄弟赫尔克中尉，目睹他的时候，不禁想起了一起赴越南途中在加利福尼亚长滩停靠的往事。当时中校批准少数官兵离舰上岸，赫尔克中尉是家在该地区的少数官兵之一，他获得了探望他父母的通行证。他们是好朋友，赫尔克老是用"中国侨"这个绰号称呼哈达威，这是因为有一次他碰到了哈达威跟一个华人女孩在一起。现在哈达威中尉的眼中充满了泪水，这以后，大概再也不会听到有人喊他"中国侨"了。

"赫尔克，什么时候我们再一起去喝酒？"当哈达威替他合上双眼时，他也闭上了自己的眼睛，泪水肆意流淌，"我们不醉不归——"然后他仿佛看到赫尔克笑着站在他的面前，把手一指，向着砖色的军官俱乐部："中国侨，去那儿！"

"不要害怕，上帝会与你们同在。"教士说。

在医疗站，经过及时的抢救，严重失血的爱德华完全苏醒了，而且不停地讲话，真是变化巨大，战场上血浆和水一样都是弥足宝贵的东西。压在波利身上乘直升机离开战场的重伤员富兰克林少尉也奇迹般生还了。还有康默,虽然他还不能说话，但他的精神不错。他们什么都没有说，但心底对苏珊娜军医都怀着不一样的感情，这种感情很难解释。

那一晚，哈达威中尉喝得烂醉如泥，他与步兵营的赖斯科洛特少尉站在那里互相凝视，毫无羞愧的泪水涌流而下，在沾满红土的脸颊上冲出两道泪痕。

而拉瑟尔更习惯清醒地去感受这痛苦与焦虑。从忧虑到怀疑，到灰心，再到极度的痛苦，这不是一场接一场战争带来的身心疲惫，而是对越来越多的人死于非命，而自己却实现不了目标的焦痛！

时至今日，一个解决不了的问题已经浮出水面，这关系到国家的荣誉和许多宝贵的生命——我们很难在这个战场上赢得最终的胜利，战争持续多久死亡的代价就会有多重。

撇开一万英里之外五角大楼每日制定具体轰炸目标的官僚不说，在地面战争中，如果越共避开正面冲突，采用丛林战和游击战，事实上他们正在这样做，我们将很难发现目标并进行有效的打击，这会给装备精良、机动性强的美国正规军带来极大的麻烦。至于空中轰炸，越共领导人并不很害怕，他们承受得起。越南的经济大多是自给自足的自然经济，工业生产的比重小之又小，即使中断也无妨。

每月近两万的新兵踏上这片土地，他们怀着憧憬，带着信仰，为着美利坚的自由与理想而万里远赴热血疆场。现在有一个古怪的声音在说话："行动吧，行动吧！一群愚氓！你们挑起的乃是杀戮自己的战争。"

"我很想喝点儿酒。"经过了战争的惨烈，幸存者洗了热水澡，换上了干净的作战服，吃了热饭，到了这会儿，简直就像沉湎于奢侈之中。赖斯科洛特少尉一边喝着冷啤酒，一边擦着一把法国的旧军号，铸造日期是 1900 年，上面刻着"巴黎安索瓦爱玛大街94号陆军铸造商”。在过去的某个战场上，也许是奠边府，取胜了的“越盟”缴获了这把军号，然后用铁打的尖头锤在铜喇叭上凿刻了他们自己的铭文——几个歪歪扭扭的字，大意是“久在战场”。这次在德浪河谷的战场上，战利品再次易主，骑兵团获得了这把军号。

“我连补了两枪，他才死。当时他仰面躺着，气息奄奄，眼珠子还在动，上衣浸透了血，他年纪很轻，圆圆的脸还很稚嫩，戴着木制的头盔，右手紧紧地握着这军号。我差点儿掰断了他的手指，才把它拿了出来。”

“你不怕他晚上来找你，要回这军号？”

“不怕，有什么好怕的，又不是第一次杀人，一直也没见有人来找过我。”

“我们都是可怜的人，要找得找那些军官去，在五角大楼和白宫那些喝着咖啡晒着太阳的大人物，他们什么时候放下杯子起身上洗手间，顺路走到地图跟前，手指一指——打这里，战争就又打响了，鬼魂得找他们去。”

“你现在不爱国了？”

“我生下来就是爱国者。”

“那你一定明白光荣、英雄、牺牲等字眼儿的含义喽？”

“这些字眼儿小时候读到它们的时候，倒是有神圣的感觉，可是现在，我观察了好久，也没看到什么神圣的事，而那些光荣的事，也没有什么光荣，所谓牺牲，就像芝加哥屠场，只不过屠宰好的肉不是装罐头，而是埋在土里。”

然后大家都不说话了。要是像“光荣、荣誉、勇敢和神圣”这些抽象的字眼儿开始令人厌恶了，那么胜仗与败仗也没什么区别了。

现在，大家各自怀着心事，想得最多的是少尉那句话——我生下来就是爱国的。是的，我原来是爱国的。

这些年轻的战士平时喜欢争论不休，但很少会因为意见不同而彼此隔阂，也不会因为某某看法与自己的观点不合而反感这些看法，因为用不了多久，他们便又否定了自己。

夜里，雨声开始潺潺，这声音对大多数人来说是十分熟悉的，只要雨一直下，战争大概会少打几场，或者真有轮回转世，一个人的灵魂会进入另一个人的躯体，这世上每个人都不单纯是他自己，何故要让南北星辰会合在一起呢？思想的丰富与世界的丰富何曾相似，谁会愿意春天只开一种花。

但是战争还在继续，并且将愈演愈烈，人们从来不会等到见解和脑力更旺盛时来解决问题。在疑惑的最初，野心贪婪，抵牾窳俗，战争就开始了。

而十年之前，法军一如现在的美军，一些人永远留在了这儿，埋在他们命定会失败的战争之中。如果现在俯下身在红泥地里仔细寻找，仍然能发现法军束腰外衣上的金属扣子，也能发现其他东西：旧刀柄、子弹壳和金属管。当然，如果继续挖掘，会发现得更多，更多。

真相本该如此，总有一双眼睛在看不见的地方见证一切。早在美军骑兵驻军之前，早在法兰西驻军之前就一目了然，也许从远古时起就是这样。

也许这脚下真有一枚铜扣，无数的风拂过它，雨水又冲刷它，鸟儿把它叼起，飞向鸟巢，当它意识到它坚硬又没味道时，又松口把它扔下，它曾经钉在法国骑士的军装上，这位骑兵希望有那么一天能成为拿破仑一样的大人物，他对他们的将军顶礼膜拜，热望成为他彻头彻尾的复制品，并同他一道奔赴黄泉，结果他做到了。

如果思想能够乘着风的翅膀，深入寂静的内心，就能听到风在寂静里古老的回响声、遥远的军号声、骑兵皮装的摩擦声，或许还有法越两军的鏖战声。如果风吹得恰到好处，有时甚至能闻到远古的真相，那是他们曾经谈论，现在仍然谈论的话题，不妨仰头使劲儿地闻，就能闻到，先是谁都能闻到的旷野的气息，然后是古老的阴谋若有若无的气息。

北越人民军并不愚蠢。当他们沿着胡志明小道跋涉两个月来到南越时，怎么与美军的直升机机降部队作战，他们心中也没有底儿。正是德浪河谷，让他们学会了怎样与全世界最强大、最精锐的美国骑兵师作战，并且他们认为只要战争持续下去，一定能像耗垮法国人一样耗垮美国人。总之，仗一定要打下去！

“我的使命是好好‘招待’美国人。”北越人民军周辉敏准将这样说。

但是，雨季已经来临，夜里，风转向了，细雨密密地打在拉瑟尔的脸上。大自然永远神秘而狂野，我们无从考察也绝不会对它生厌，只能从它的生机盎然中得到精神的焕发。就像大多数人想着的一样，只要雨一直下，战争就会少打几场。

野性的德浪河谷浸泡在雨水中，一切都沐浴在纯净璀璨的光芒里，连下三个星期导致水灾的雨，大家心照不宣地觉得这格外善意。没有战争号角吹响的日子，像是上帝赐予了天地大赦。

每个人都在竭力地回避战争，当它成为一种职业时，人们就养成了一种举重若轻的好习惯。法雷尔军士长很想拥有一把杂志里看到过的五弦琴，于是他自己做了个模型，并开始学习弹奏，还真掌握了些诀窍。一把陈旧的吉布森四弦琴躺在他的床上，他把上面的弦拆了下来，安装到一块他加工好的压扁了的桉树板上。要在琴颈部的一小块桃心木上雕刻是最难的事情，这块木头是他从营地外边的林子里捡来的，然后他再把分隔间板分毫不差地安装好。

这琴弹起来的声音很不错，事实上是非常棒，这点是很显然的，因为林外几只野猫一到夜里就会过来，像上了瘾一样，法雷尔会边弹边唱《赶水牛的人》或者是《北美夜里的鹰》，野猫就在外头伴奏，好像都成了经验老到的音乐家了。法雷尔军士还对大家说："音乐可以探究灵魂的秘密，所以我一定要热爱下去，我要有耐心，一直等到他们化戾气为温柔和善。"这一套对于微观世界的理论和看法，严谨而正统的学者们能否接受是另一回事，但它确实打动了营中每一位士兵。

法雷尔是一位经历过第二次世界大战和朝鲜战争的老战士，在朝鲜战争期间被俘过，他本来可以选择留在美国国内，不必到越南跟大家一起打仗，大家都叫他"老爹"。1965 年秋天，正是他“演奏”最出色的一段时光，有一天“老爹”从报话机中报告他中弹了，跟他在一起的还有三四个人，全受伤了，从报话机中传来他那个地方的枪声。此后，大家再也没有听到过“老爹”的声音。他战死在那儿了。

法雷尔认为音乐可以探究灵魂的秘密，在那年秋天以后的许多日子里，营帐中的士兵们总能听到断断续续的拨弦声，带着意味深长的灵魂苏醒之意，并且发觉，在这个遥远的国度里，再强烈的暴风雨也是温柔的，而宁静的回忆却使人发疯。

许多年后，有人喜欢说，“打过这样一场战争，在很久以前”。它便是心灵深处的苏醒，但眼下，不了解它的人，永远不会懂得它的奥秘。现在美利坚合众国的星条旗随风招展，自然界的万物比人类更有尊严，因为它们都按照地球公转的绝对法则生存，只有人类生活在自己的法律和传统之下。

1966年4月间，当时曾并肩作战的几名兄弟返回德浪河谷，花了两天时间徒步查看了战场，弄清楚了当时他们所在的位置和伏击战时的主要边界，最终发现了阿克尔曼上士的遗骸，他们找到了他的皮靴和钢盔，当时他们都是把一块身份识别牌挂在颈项上，把另一块身份识别牌跟一只皮靴的鞋带系在一起，他们在他的皮靴上找到了他的身份识别牌，终于弄清楚了他的下落。这事真令人伤心，但也是一件好事，如果找不到尸体而列入失踪人员名单，家属连阵亡抚恤金都拿不到。

他们打定主意，继续彻底搜查战场，寻找另外四位战友的遗骸。第二天的下午，他们在几座小山丘附近的一块高草丛中找到了八具士兵的遗骸，其中有几位显然是美军士兵，绿色军服的碎片、美军的装备和皮靴证明了这一点。他们的钢盔散落在四周，还有其他遗骸混杂其中，但都只剩下一些碎片或骨头，他们在混战中拼死在了一起。两军相争，各为其主，军墓登记人员运走了所有遗骸和有关装备，其中三名遗骸被确认为之前战争中的失踪人员，其余为北越士兵的遗骸。

第一骑兵师失踪人员的下落全清楚了，这是德浪河谷悲伤的最后一章，他们被送上了漫长的归途，已经悲伤万分的四位美国母亲不必再担心了，在此之前她们不知道自己的儿子是活着当了俘虏还是死了被遗留在丛林里，而找到他们的战友们在有生之年，夜里也可以睡得踏实一些了。

月亮照进了山谷，在四周撒下了白银，一根萎谢的葡萄藤开出了疯狂的星点的花朵，一切仿佛都成了抽象的存在。

这是战地深宵，白昼被毁坏的一切，正在黑夜里修复，生命这株伟大的花朵在慢慢地重新开放，像把手掌狠狠地压在草叶上面，然后又松开，那草叶慢慢地直起来，直到脱去损伤。

真的是这样吗？历史的、合乎逻辑的所有说服自己的理由让复杂的情感从互相搏斗的野蛮混战中脱身出来，并开始了解和关爱。如此这般，人人在蛮荒之地的深夜里享受到了一种象征性的、死一般的安宁。

战地幽灵

一

1982年，华盛顿一名越战老兵在自己家里自缢身亡，他留下了长长的一封信：

上帝，这听起来就像个自艾自怜的老兵。我不是胳膊腿都没了，更不属于带来噩梦的家伙，我也完全不觉得有谁对我不得体什么的，除了有的时候，人们对我太好、太客气了，就像他们怕自己会问不恰当的问题……不过，我不该抱怨。我憎恶——非常憎恶——一种人，是所有那些牢骚满腹的老兵，为自己如何没受到夹道欢迎而伤心的家伙。他们纯粹是废物！我的意思是，哪个头脑正常的人会要求夹道欢迎？或者期待一帮爱国傻瓜来拍后背？那帮家伙对杀人、挨枪子儿、雨中露营，目睹战友脑袋、四肢被炸飞，目睹战友沉入泥淖的感受一无所知？谁需要这个？

无论如何，我基本上一切都好，只是无忧无虑啊！你为什么不找个时间到我这小地方来转转呢？我们好一起闲聊天，互相讲讲往日战争的传闻。很长一段荒唐的岁月啊，你说是不是？

在许多情况下，一个真实的战争故事是不能相信的。因为事情常常是这样：古怪的事是真的，正常的事不是真的。每个故事总有那种不真实的表象，但是，事实上，表象恰恰是不容改变的确切事实，真理似乎就是这样。

事情的经过是：我们蹚过一条混浊的河，进入丛林，第二天，我们在稠密的森林中的一条小道交会处休息。莱蒙和赫姆林胡闹起来，他们不懂什么是神经质，他们还只是孩子，他们认为，这一切不过是一次大自然的远足，根本不是一场战争。所以，他们走进一些大树的树荫里——四面树荫，没有一丝阳光——咯咯地傻笑着，互相说对方是懦弱的女人，然后，玩起了他们发明的愚蠢的游戏。游戏是接、传发烟的手榴弹——这种发烟手榴弹不会伤人，而他们的游戏却是在发烟手榴弹的弦被拉出后，两个人站在相距几英尺远的地方，在那些大树的树荫下接、传这枚手榴弹。谁要是中途放弃，那就是懦弱的女人。如果谁都不放弃，手榴弹会自行爆炸，闪着光，发出“砰”的一声巨响，烟雾将他们笼罩，他们一起放声大笑，转着圈跳跃着，接着再玩。

这完全是真的。

我完全记得那一天，这事发生在十年前，我记得小路的交叉口，那些长满苔藓的大树和树荫底下某个地方发出的一种轻柔的水滴声。我记得林中的气味，高大的树冠上缠满了野藤，藤上开着淡紫色的花朵，像淡淡的烟雾一样。但是，一丝阳光也没有，树荫一直延伸到莱蒙和赫姆林接送发烟手榴弹游戏的那些树下，我的身边还有四个人，桑德斯坐在树下，正用身份识别牌在撬一个军粮罐头，鲍克、基奥瓦、戴夫·詹森在打盹儿，我们的周围是表面湿滑的绿色山脉。

除了他们俩的笑声，万籁俱寂。

桑德斯转过身，看着我，稍稍点点头，好像要警告我什么，然后把军粮罐头收起，走开了。

接下来的事情很难讲给你们听。

突然，出现了一个杂音，肯定是一个雷管，我本能地向身后看了一眼，看见莱蒙从树荫中走进了明亮的阳光中。他的脸突然一亮。他是一个十分帅气的小伙子，真的，敏锐的灰色眼睛、消瘦的身材、笔挺的腰板。他是在几乎美妙的环境中死去的，阳光托起他，把他平地托起，他被吸入了一棵长满苔藓和缠满紫色花蕾的树中……

十年了，我还能看到莱蒙脸上的阳光，看到他在转身，回头看着赫姆林，然后，他笑了，迈出了那特别的半步，从树荫下移到了阳光下，他的脸突然变得黝黑发亮。当他的脚落地的一瞬间，他肯定以为是太阳光夺去了他的生命。我应该把这个故事讲得更准确些，讲太阳光怎么笼罩着他，把他托了起来，抬到树那么高，如果我能在某种程度上描述出那种致命的白光、快速的光亮、明显的因果的话，那么，你们一定会相信事情就如莱蒙最后以为的那样——对他来说，那一定是最终的事实。

二

我们基地周围建有一条二十公里长、九十米宽的防御地带，这是营地的屏障，屏障线之外还有前哨，由各营士兵轮流执勤，并有巡逻队四处巡查。哨兵们很尽责，由于长期受越共试探性偷袭，他们疑心病十足，爱向树丛开枪。一天夜里，紧张之余的哨兵把骑兵营运送口粮的吉祥物骡子给“枪毙”了，事后哨兵是这样向上校报告的：“上校先生，十分不幸，由于骡子玛吉夜间爱在哨岗周围溜达，我们向它盘问口令，它久不回答，我们一枪把它毙了！”

这些十八九岁的小伙子也不容易，吃的是最差的食品，洗澡得等到雨天才行。他们中的大多数人是第一次上战场，草木皆兵。

我们每个人都挂着一个身份识别牌，方便战死后收尸，它边上还有一把小小的 P38 型罐头刀，没有战死的就继续吃罐头。

战场上有些东西你是永远忘不掉的，这其中包括你朋友的死亡。

只有亲历过战争的人，才会明白战争是怎么回事，才会体会战争中的生活真相与悲欢离合：牺牲者再也不会死而复生，拍拍身上的尘土转身离去；伤者也无法洗掉身上的创伤，然后毫发无损地继续度日；那些奇迹般没有外伤的人也绝不会表示内心没有伤痕。总之，他们谁也不是当年意气风发远走他乡的战士了，战争会改变一切！

吉米说家附近有一位年轻的邻居，是西班牙女人，不久前，邮差深夜来敲她的门，把电报递给她，她看后就晕过去了。邮差把邻居吉米叫醒请他过去帮忙。这位怀着遗腹子的新寡妇不会说英语，但她读得懂电报上说的是什么，她新婚的丈夫阵亡了。他说真的无法形容当时自己的心情，这就是给军人做妻子的代价。

我的战友比尔在战斗中被敌人的火力打死，他的母亲读罢黄色电报纸上的内容，眼泪就没有停过，她再也见不到他了，一纸麻木的通知，告诉她两年没见的儿子已经死去。比尔，她的长子，去了，死了，她再也见不到他了。

而年轻的艾米莉说，她丈夫走的时候，女儿才只有两个月，她长得极像他父亲，现在她常常会从女儿的脸上看到一丝能够引起她遐想的表情。她一直当这是一场梦，她说事实上她经常做这样的梦，在梦中门铃响了，她抱着女儿去开门，打开门看到了他，他身上穿着棕褐色的军装，永远都是那样年轻，她目不转睛地盯着他，他的脸上浮现了微笑，然后就消失了。醒来后，她感到深深的悲伤。总有一天女儿会长大成人，但她没有父爱，父亲只能永远活在她的心中，爱护着她，隔着不可逾越的生与死的沟壑朝她微笑，而她只能用一生去倾听这个逝去的男人永不落地的脚步声。

柏拉图说只有死者看到过战争的终结。是的，活着的人看到的只是被岁月遗忘的创伤，以及被轻描淡写的历史。痛苦将退回到一垛矮墙和一块小尖碑的后面，还有一小部分至亲的灵魂与生命里。

这就是战场，亿万颗子弹中的一颗便会改变这些年轻将士们的命运,并且有多少人的生活会因为某一颗子弹而发生巨变。

三

而在德浪河谷，步枪手维拉身负重伤，瘫倒在科尔中尉尸体旁边，他的苦难刚刚开始，到处都是北越军，至少有两三百个敌人在他的周围走来走去，他们在打扫战场，当时的三四分钟犹如三四个时辰，仿佛一生中从未熬过那么漫长的时间。北越军一边走一边用步枪和机枪扫射剩下的伤员。如果他们看到他仍活着，准会给他补枪。当他们走近时，他睁着眼睛，目不转睛地盯着一棵小树,因为突然死去的人的眼睛通常是睁着的。过了一会儿，北越兵走了过来，朝他猛踢一脚，他顺势翻过身去脸朝地面，他的嘴巴、胳膊和双腿都流着血，他们摘下了他的手表并带走了他的柯尔特手枪后走开了，他们又搜走了所有的武器，然后离开了。到处都是炮弹、炸弹和凝固汽油弹在爆炸，这些炸弹在他们周围很近的地方爆炸，维拉身子下的大地在震动。不过这一切也发生在北越士兵身上。

在另一个防御地段，杰米森军士的腹部被一颗子弹击中，他不顾疼痛继续向敌人射击，同时敦促伤员赶快向敌人开火，鼓励他们顽强地坚持。由于没有一丝微风，战场上空的硝烟和浮尘越来越浓，美国空军和海军陆战队的战斗轰炸机和陆军休伊武装直升机的飞行员很难看清自己的防线阵地。根据空中指挥官的命令，各个排在十分钟后统一投放彩色烟雾手榴弹标明位置，向空中支援显示他们的防线，更多的火力在空中集合，弹道点离他们很近。

杰米森军士在投出他的彩色烟雾弹后不久第二次中弹，这颗子弹穿进了他的左肩，他又站起来坚持用他的步枪朝敌人射击。但是不到十分钟后，他第三次中弹，这是一颗机枪子弹，它打中了杰米森的右臂，并把他的武器打得支离破碎，只剩下一个塑胶枪托，几乎同时，另一颗子弹打断了他钢盔皮带上的卡扣，把钢盔从他头顶掀了起来，子弹的冲击力很大，他被猛然掀翻在地，他以为他的脖子断了，不久，他又站了起来，但什么都没有了，枪没有了，手榴弹没有了，一无所有，只剩一个赤手空拳的傻大兵愣愣地站在那里。

离杰米森十米处的康默和波利也同样经受了磨难，一枚手榴弹落在散兵坑里，康默大叫一声卧倒，并且用脚将手榴弹踢开了一些距离，手榴弹爆炸了，谢天谢地那一脚，没有人伤着，但是他们的子弹即将打完，“大猪”也被卡住了，在烟雾和浮尘的掩护下，他们向一边跑去，企图找到另一排的阵地，就在此时康默胸部和颈部中弹，一头栽倒在地上，波利跑跑停停，每次跑个二十来米，终于挣扎到了迫击炮排的一个阵地。

而苏珊娜军医却顺着波利跑来的路径折返去找受重伤的康默。这是一个勇敢的女人，在战场上一个不怕死的女人，对男人来说胜过一支强心剂，康默能够安然脱险完全是因为苏珊娜的及时抢救。苏珊娜最初找到他时，他多处伤口流血不止，最严重的伤口是穿透喉咙的那个子弹洞。苏珊娜冒着横飞的子弹，跪在他的旁边，沉着地为他做气管切开手术。这是战场上的手术，未做麻醉直接开刀，甚至连一双干净的手都没有。尽管伤势严重，康默最终还是活了下来。军医是战场上最受尊敬的人，一般来说，交战双方都不会打对方的军医，《国际公约》有保护条例，不管哪个国家都一样。但是在横扫的机枪和巨大的烟尘下谁都不会留意她身上是否有红十字标记。

在营指挥中心救护站，最早被安排进来的杰米森和波利精神状态格外好，好像苦难已过去，身上的伤痛完全感觉不到了，救护站里另一位军医是一名黑皮肤上尉，她正在为他们做急救包扎。

事实上，北越军的尖兵已经逼近交火最密的两个排的第一线散兵坑，眼看着就要突破防线，就要打到指挥所和救护站前才被阻挡住，这些都归功于美军使用了炮弹、空袭，直升机上发射的火箭弹和武装直升机的机枪机炮扫射。但是地面上的战士们清楚，他们差点儿就被北越军打垮，只差一点点就完了。

康默和波利的机枪并不是唯一报销了的机枪，二十五岁的福克斯和二十二岁的伯德一起倒在他俩那挺不再出声的M60机枪上，肩并肩地战死在一起，他们身边堆着一堆堆子弹空壳和空子弹箱。

战争最终在一阵凝固汽油弹的突袭后暂时消停了。一名敌军跌跌撞撞从防线的最左边走进了机降区空地。他没有武器，身负重伤，从他的军服来判断，他显然是越共主力营的一名士兵。赫尔参谋和营侦察排的另一名士兵朝那个敌人跑了过去，打算先送他到营指挥所的急救站进行救护，可是还没有来得及将他撤到后方，他就死了，他们把他埋进了附近的一个浅坑，北越军士兵同样都是些勇敢的人。

战争结束得和开始得一样快，被击毙的北越军三三两两地堆在面前，在战斗的间歇，美军用脚踢、用铁铲铲泥土覆盖他们的尸体，以便压住腐尸的臭味儿并赶走苍蝇，而美军 3 连的所有官兵也非死即伤，幸存者清除了那里的北越军，大致恢复了一条完整的防线，战线守住了，基本又回到了战争之前的情景。事后别人问起幸存者杰米森，问为什么敌人未能打垮他的排时，杰米森说："首先应当归功于右侧的伯德和福克斯这两名机枪手，伟大的'大猪'救了我们。"但是这两名机枪手却永远离开了。二十五岁的福克斯，恰巧在他死去的那天，他妻子生下了他们的孩子，他死后的一星期，任命他为预备役少尉的委任状才下达，这里每一个倒霉的家伙都是英雄。

四

而战地摄影师倾身向前，躲在高草丛中，拍摄了苏珊娜军医在横飞的子弹下替康默现场手术的全部情景，这胶片被送到五角大楼之后，他们受到了严厉的训斥，原因是他们生动地记录了战争的严酷现实。

等机降区比较安全了，地面指挥官通过无线电呼叫直升机飞进机降区撤走伤员，腹部受了重伤的富兰克林少尉被丢在了一旁，救护人员把他当作无望救活的伤员，他在医疗直升机上的位置被一个有较大救活希望的伤员占了，战场就是这样残酷，总是要先救有更大希望活下去的兄弟。但苏珊娜从来不理会别人的安排，她坚持要求机组人员带着他撤回后方。他们把富兰克林拖到了休伊直升机上，把他扔在了波利的身上，尽管他的头仍悬在机舱门外。波利说："我刚刚差点儿被打死，现在差点儿被压死，可我又实在没力气挪开他。"

运出机降区后，苏珊娜和其他三名外科医生马上给重伤员做手术。在战场上，许多伤员都是因为严重失血而死亡，给伤员输血就像跟时间赛跑，输进鲜血的速度必须比伤员失血的速度要快，即使一边正在结扎出血血管。这里根本顾不上输血的注意事项，他们经常给一个伤员插四根静脉输血管，护理员使劲儿挤压血袋，强行把血液灌进伤员静脉，伤员就在病床上浑身颤抖，甚至不停地抽搐，体温急剧下降，因为这对心脏刺激很大，但是这只是大量快速输入冷藏血的反应，如果不这样做，那只好眼睁睁看着他们死去。

当迫击炮开始落下来的时候，对每一位美军士兵来说都是新情况，因为至此为止，他们的敌人从未用迫击炮对付过他们，迫击炮虽不是榴弹炮，但是迫击炮也是炮啊！爆炸声令人难以置信，裴因少尉事后回忆，当时我紧紧地贴着地面，我有生以来从未把自己压得那么扁过，我想，我全身最高的地方肯定是我的脚后跟了。

连军士长站在那里，大声喊叫着下达指令。他脱掉了军装上衣，身上穿着T恤。他举起左臂指示方向，一颗子弹撕破了他胳膊的内侧和部分侧胸，鲜血淋漓。但他仍在下达命令，大家奉命转移到树丛的一个防守薄弱的部位。这里正对着敌人的主攻方向，到处都有人在树林里跑来跑去，为了避免误伤弟兄们，只能把步枪调成半自动击发状态，只有看准敌人，确有把握的时候才能开枪。

当一切就绪，组织进攻时，一名北越军官在他们的队伍前后跑来跑去，给士兵们鼓劲儿壮胆。他一定是位连长，这名勇敢的家伙正准备带领部下发动第二次进攻。他的敌人佩服他的勇气，因为美军至少有二十个兄弟想把他击毙，子弹围着他飞，可就是没打死他，战场上怪事多。

五

麦克代德中校竭力想弄明白战场形势，他的行动很快，一心想把兄弟们全集中到这片林子里来，但是树林里好像到处都有敌人似的，他正设法弄清楚其他人的位置，他最担心的事情是，官兵们一旦开枪之后就很难控制，会一直朝草丛里猛烈扫射，这样极易误伤自己人，他一再强调：“看清楚敌人再开枪，因为我们营的部队已经被冲散了。”

造成混乱的重要原因是战斗爆发时各连的连长都不在自己的连队里，2 连的连长弗斯梅尔上尉一直在队伍的最后面，3 连的连长考内特在战斗开打后不久就阵亡了，所以 3 连的官兵在没有连长的情况下被越军猛烈的火力打得自行溃散了。

麦克代德中校的报话员爱普尔森军士事后说：“我们的几部报话机安放在一个土丘的后面。炮兵的报话员们正在他们自己的报话机上向我们拼命呼叫。老实说，我们对全营行军队伍的情况不甚了解。一些报话员已经阵亡了，我们跟所有的人都隔绝了，麦克代德中校得不到后面部队的任何报告。3 连、4 连和营部连没有向营长报告情况，因为他们不是被打死了，就是连报话机也没有，比如营部连就没有报话机。”

敌人的火力越来越猛烈，过了一会儿，枪声密集得就像几十支摇滚乐队一起疯狂地击鼓。除了枪声之外，再也听不到别的任何声音。树上爬满了北越人,但是要发现他们几乎不可能，他们伪装得很好，跟密林融为了一体，萨顿上士不断抬起头来，企图找到一个好打的目标，但立即被身旁的战友使劲儿地按下了头，当他再一次抬起头时，一颗子弹打穿了他的钢盔，从前到后钻出了两个窟窿，他被迫低下了头，再次抬起头时，一颗子弹从后面飞来，打在他贴身的一棵树上。卧倒几秒钟后，报话员克鲁格突然站了起来，直到被敌人的子弹击倒，大家不明白他为什么这样做。无论如何，这是一个错误的战术动作，而在战场上失误的代价往往就是死亡。

枪声终于开始稀疏了，谁也不知道过去了多久，战斗中谁也无法顾得上时间，只顾保命。这一区域的战士不是被打死了就是负了伤，助理军士下了一道命令："在敌人消灭我们之前撤退。"但是大家仍待在地上不愿动，因为敌人的狙击手仍隐蔽在树上，这期间泰勒的颈部中弹，他临死前一直求大家叫军医陶尔斯给他包扎伤口。其实陶尔斯军医已经死了，泰勒最后说的话是："我要死了。"

看到最好的兄弟眨个眼全断了气，大家内心无能为力的痛苦难以名状。殿后的连开始变动位置，朝纵队前方移动，以帮助前面的部队，但是每动一下，就会遭遇迫击炮的袭击，人就像死苍蝇一样纷纷倒地。这些都是参加陆军两年多以来朝夕相处的兄弟，全营大多数人是在二十一岁应征入伍的，现在大多二十三四岁，随着时间的推移，大家都成了生死与共的兄弟。多少年以后，这些兄弟们当时的惨叫声，以及被纷纷打死的情景，一直萦绕在幸存者的心头。

六

当北越部队发起进攻时，大家才发现原来敌人离自己这么近，甚至可以听到越南人说话，这是真正的白刃战的距离。当时的情形乱得说不清，在高草丛中匍匐前行时，很难弄清楚谁在那里，也弄不清他们是自己人还是敌人，并且还有一个情况，北越士兵用 AK47 步枪的木托在高草丛中相互传递信号，而美军的 M16 是塑料枪托，拍不响。

哈洛威上尉事后回忆："当时，我身边的大多数兄弟都挨了枪，隐蔽得比较好的几个家伙朝我大声喊道，'上尉，赶快离开那儿'。我大声说，'我很难移动，我受了重伤'。他们让我先挪过去，说他们将帮助我爬行，我告诉他们我不能把报话机留下。就在这时，一位士兵站了出来，这家伙平时懒散，总爱惹麻烦，不讨人喜欢，他冒着敌人的火力站起来跑到我的身边说，'上尉，我来背报话机，帮你离开这里'。当他弯下腰企图把我身子下面的报话机拿走时，一颗子弹打穿了他的心脏，他当场倒在地上断了气。几个星期后，我在医院养伤时，曾设法替他争取一枚死后追赠的勋章，但是我没有得到任何回音。"

再几年后，哈洛威上尉说："现在我已记不得他的名字了。"他还说，"后来不知道我是怎样用报话机跟炮兵部队联络上的，我花了好长时间才说服他们朝那个地区开炮，他们终于试射了一两发白磷燃烧弹，但是我看不见他们发射的任何一发炮弹着地，白磷燃烧弹爆炸的声音没有高爆榴弹爆炸的声音响，我又说服他们使用高爆榴弹，这样我可以听到爆炸声，就可以帮他们把炮火移向我们可以看见那些敌人活动的地方"。

几个月后，哈洛威上尉在纽约海军医疗中心才知道他那天引导炮火的效果，当他拄着拐杖在走廊上练习行走时，遇到了骑兵团 2 营的兄弟，他也拄着拐杖朝他走来，他的一条裤管是空的，他告诉哈洛威上尉炮弹炸飞了他的腿，但是救了他的命，他很感激。哈洛威上尉听着他的感谢，看着他的残肢，一句话也说不出来。

后来在 1971 年前后，哈洛威上尉在莱文沃斯堡军事法庭担任证人，他碰上了 3 连的华伦军士。在那场战斗中，他和他手下的一些士兵一起守卫在哈洛威前头的一个阵地上。华伦军士说，每次敌人接近他们的时候，炮火就打在离他们很近的地方，把敌人炸得死的死，伤的伤。他说幸亏炮火阻止了敌人，保住了他们的性命。华伦还说，那天离开“X”光战区赴溪山之前，全连有一百零八名战士，但第二天只剩下八个兄弟还有作战能力。

轰炸补给线的时候，刚好有一队越共军士兵从底下经过，他们几乎立即像割草一样被高空机枪手消灭了，当时的情景真像是一场精心拍摄的电影，只不过演员真死了。他们甚至没有反应过来，更来不及开枪还击。幸免的少数人立即向后方撤退，这一来正好退进了美军的火力网，遭到了后续部队近距离的火力扫射。

在搜查尸体时，发现一名越南兵脖子上居然挂着一名美军中士的身份识别牌。他长得很瘦小，看上去只是个十六七岁的孩子，估计这是他在上一场战争中的战利品，拿来作纪念的。

战争艺术与人类文明

战争作为人类文明进程的一部分，却是人类文明史的非常态，战争史透出的也不单单是战争本身，其间穿插着的是错综复杂的社会政治背景和人性关系。

除了少数为艺术而艺术的鼓吹者外，多数作者都把创作当作表达他们个人反抗情绪的手段，或者当成倾泻内心情感的突破口。战争这一独特的艺术题材，可以轻而易举地让情感得到无限的扩张，扭曲的线条、异常的色彩、急促的节奏、酷烈的画面、对比强烈的反差等。

战争是地狱？很明显，这个定义还不及它全部意义的一半，因为战争还是神秘、恐惧、冒险、勇气、探索、神圣、怜惜、绝望、渴望和爱情。战争是杀气腾腾的，战争令人毛骨悚然，战争是苦役，战争使你成为勇士，战争使你死去……战争也让灵魂复活。

真理是互相矛盾的。

说战争荒诞，这一点是可以有异议的。实际上，战争也是美，当你目瞪口呆地看着丑陋的战争威严，战争满足视觉，战争指挥你，你恨它——但是你的眼睛不恨，就像一场森林大火和显微镜下的癌症一样，任何战役和空袭，任何炮轰和狙击，都具有完全不顾及道德的那种美学上的纯粹——那是一种强有力的、无情的美——一个真实的战争故事会告诉你这方面的事实。

战争创造出了一个新的世界，它把原来的一切都捣碎了，并让其发酵、酝酿，从而使其变成另一种形态的东西，甚至是一种非形象的梦境。

“那是你所能想象得出的最纯粹的黑色，耳中会嗡嗡作响，并非特定的响声，但实在不可名状，也许是树蛙，也许是蛇，也许是蝎子和蜥蜴，仿佛夜有它自己的声音——就这样穿行着，你会断定你是在穿越某种绵软黝黑的原生质——它的血肉之躯，走投无路。”

在这里，树林、血的腥味、弹头的猛击、夜、声、光——与人在其中的感受被描绘渲染得淋漓尽致，奇异的光亮原来是死神，弹头的猛击犹如重拳，黝黑的夜色勾起神奇的幻觉，奇妙的声响又带来无边的恐惧。

就像许多年后，有人喜欢说：“打过这样一场战争，在很久以前。”那便是心灵深处的苏醒，但在此时此刻，不了解它的人，永远不会懂得它的奥秘。

他们通常用一两个小时，就把一座城市炸回石器时代，到处都是房屋的地基，甚至没有一根竖立的柱子。这些才华出众的勇敢的士兵，有时候也会想——这到底是为什么？我们为什么要这样做？

战争让我们更懂得，战争让我们难舍难分。

那天，我看到我们高大的黑人穆尔中士，说真的我以前看不起他，他穿着短裤和靴子，钻进直升机，抱出一名阵亡的白人士兵，眼泪唰地从他脸上涌流了下来，在他从直升机朝医疗救护站缓慢走去的时候，他把死去的士兵轻轻搂在自己的胸前，我不知道他抱起的那位兄弟是不是他的好朋友，我怀疑不是，他的悲哀是为了死去的战友，也是为了见证残酷死亡的痛苦反应。想起以前，我真该死，事实上，我们都是兄弟，比亲兄弟还亲。

“只有亲历过战争并幸存下来才能那么肮脏那么自豪，这是老兵与新兵的区别，这是打过仗的军人与没有上过战场的士兵的区别。当被告知他们曾亲密无间的战友已经阵亡，而突然，他们又在某个营房门口遇见，这真是一种无法言说的重逢，千万别认为这些坚强的男人会害怕拥抱和哭泣，他们既互相拥抱又放声大哭。”

这就是战争——鲜活、纯粹、真实、深沉、凝重、永恒。这是战争的美学特征，战争渗透着多元意识，人性化和平民化又是最基本的人文情怀。大多数时候，一场战争与观众或读者的理解力之间并没有不可逾越的鸿沟。它们一般是单纯而诉诸理性的。

也许在人类审美意识的长河中存在美的能量守恒定律，但似乎不存在恒久不变的审美形态，也不存在不朽的审美法则。我们只是偏爱更符合我们情感，甚至不妨说是更偏爱符合我们成见的东西。

对战争的走向、对利益的博弈、对时局的观照，战争艺术有时是癫狂而沉溺的,有时是热烈而持久的,好似摩西之于“热烈的树丛”一般，颤抖着走近它，仿佛柏拉图式的爱和理想。

人类的意志在故事人物的精神中，思想在情节的交互纠缠中，但这过程并不总是清明而宁静的，许多时候忧郁与沉重主宰着我们，犹如被爱情控制着的灵魂，在挣扎燃烧。

没有任何连贯、持续和稳定的东西，战争艺术混杂着两种不同的质素，两种不同的生命体系，忠诚与背叛、信仰与颠覆、坚强与软弱、希望与绝望……而这些又使命运与情感的复杂性和矛盾性得到了较合理的释放。大多数作者在创作过程中会一直受着强烈的隐痛和自我反省的煎熬，他们把自我扩展到整个世界——执拗的灵魂、神秘的热情、虔诚的信仰。

当然，我们应该相信任何一种可能。谁也不能根据已经活过的日子去猜度还没活过的最精彩的日子是什么样子。战争之为艺术，是希望人人都按自己的理解去欣赏它，只有心中所思，才是心之永恒，像窗外的阳光渗进屋子里一样，它们符合一般的规律，只要某一种平衡被打破，新的秩序就会重新建立起来。每个人对艺术的美的感受与领悟也是千姿百态的。

有时我们也会陷入思想的迷雾中，这便是探索和创造的开始，它们的尽头是拯救的曙光，是否有人想过，这迷惑同样是你生活故事的一部分，它通常用来指引所有积极的探索和寻求。

语言不能到达的地方依然很多，身体和痛苦就像一件乐器，我们通过演奏来认识它的性能。在严酷的战争年代，经历大规模的互相残杀和至亲的生离死别，对所有人都会产生深刻的思想影响，加深了对世界的荒诞意识和危机意识，从而令他们对个体命运、历史阴谋有了更为深刻的判断，并用不可思议的手法试图去改变世界，他们总能更严肃地对待世界，看上去更加疯狂，实则是更加理智，看上去十足的离经叛道，可事实上那却是唯一的道路。

仿佛受到过莎士比亚不受规范的“激发”，又遵循着悲喜剧形式与内容的二元论，战争艺术人物既有幽默滑稽的喜感，又有西西弗斯式的悲壮。

在战争面前任何艺术作为人的一种创造都失灵了，因为它本身就是一种人的创造，两面镜子互相映照着，镜子之中始终空空如也。残酷的悲剧现实与巨大的美结合在一起，整个世界都是“既美丽又罪恶”的，这个荒谬、怪诞而又无法改变的残酷，就只有用哄然大笑和非凡的智慧来消解苦涩的无奈了，因而我认为，今天的世界“只有喜剧还适合于我们”。

既要让大家看到热闹辉映下的悲情，又要在保持距离的情况下再来看世界，使世界的滑稽性与荒谬性更清晰。因此“距离”可以说是另一种视角的同义语，换言之，悲剧克服距离，而喜剧保持距离，一方面是无限扩展的悲情山呼海啸淹没所有的感觉，一方面是以喜剧的异化来摧毁悲剧存在的前提，两者之间无限地冲突，又一定程度地交融与相互占据，仿佛每一场大战结束，混乱当中会有一种风格的极致、一种突然出现的形象化的东西、一种感性的表达，直抵认识的本源。

热奈特曾提出的三种聚焦方式为零聚焦（一般指无固定视角的传统全知叙述）、内聚焦（将叙事视角限定在某一特定人物眼光中，如亨利·詹姆斯式的“意识中心”手法）和外聚焦（如海明威式对人物行为对话仅做外部记录的手法）。

我则认为所有视角真正的优点，在于重新创造，虚构一件自然所没有但想必可以产生的新事物，一切的表现手法总会被一些主义否定、继承或者发扬，而艺术最终背离的只是自然的可能性，并不是背离内在的可能性，正是其内在的可能性构成这些创造的真正魅力。只有这样，标志一个阶段的风格才能作为一种审美形式正式步入正宗的美学殿堂。

川端康成在20世纪40年代说过，“宗教的时代已经过去”“文艺的时代正在到来”。宗教只强调服从一个意志，而文艺则是自由的。风格和艺术的多样化和从谨慎的保守到肆意实验的各种流派将一起存在下去。美属于感性范畴，它是溶解性的，一个人有了美的意识，精神便容易松弛、懈怠，法国浪漫主义大师德拉克洛瓦说得好：“美是难遇的，但更是难保的。”我认为还是“过程论”更切中肯綮，无限地接近，无限地疏离。

艺术的极致莫过于：“我感到有某种叙述性的幽灵突然将我紧紧地攫住，把我带往未知的领地。”

“从那以后，基奥瓦觉得自己真正像个战士了，中弹应该是种多少可以引以为傲的经历。这指的不是男人素质，我是说他可以经常谈起它:弹头的猛击犹如重拳，它使你喘不过气来，还有眩晕的感觉，自身血肉的气味，中弹后所想、所说、所做的事，你盯住一颗小石子或一根草叶的样子……要知道，那也许是你所能看到的最后的东西——那石子，那草叶，它让你想哭出来。”(《得克萨斯》)

对于文学，无论是“宏大叙述”的沉重主题，还是对哲学命题的殚精竭虑，还是一些“随遇而安”的潮流和时尚，都必须乐于寻找被历史和历史的主流意识遗忘的东西，善于发现平常事件在读者眼中发亮的碎片。你可以从不关心那些狭义的“后现代”“后后现代”之类的概念,也用不着理会什么“先锋”的话语。只需记住，风格是在完全自由的写作状态下自然形成的，而不是一种刻意追求。作者的世界观和审美观乃至他的生活态度都渗透其中。

一旦艺术的天才们，对某一种美的形态表示了倾慕并投注了热情之后，他们原本极其敏锐的感觉和思想就长出了茧来，对别的形态的美产生排他性，并在新的美的发掘者面前止步。莫不如此：永远都是被部分地理解，永远都引诱性地处于读者的掌握之外。

到最后，作者甚至开始怀疑叙述是否可以淋漓尽致地再现这种非人道的极端经历，也许更多的死亡、失踪和遗忘，这些无法被叙述一一概括的苦难，要讲述它们，需要上帝的唇舌。

也许文本叙述不可能全面再现物质世界，但却可以凭借小说话语的特有手法，在避免正面再现有可能导致的危险境地的同时，将痛苦文本化和简单化的情况下，强调痛苦的存在这一无可置疑的事实，这就是小说的“想象不可想象之物”。许多时候，一些作者会在叙述中迷失，但是总是在最大限度避免歪曲的情况下面对身体和痛苦，凭借小说的特权释放出尘封已久的“声音”，这是小说话语相对于历史和哲学等其他话语形式的优越性所在,小说中人们可以用这种原始简单的方式来作答，而我确定，在哲学中人们不能。

“她所有话语无从翻译，好像来自自然本身。她变得如此彻底。你们一定会认为是她的脑子出了什么问题。可我想告诉你们的是，她发生的变化，就是之后，我们所有的人发生的变化，所有人来的时候是干净的，慢慢就变得肮脏，后来，完全不是同一个人了——没有人会没有变化，有的人甚至脱胎换骨。”(《得克萨斯》)

战争把所有人都带入了一种不可思议的境地，只有身体仍然能够令“他们”感受到脉搏的跳动和肌肤的暖意。借助虚构小说的力量，在想象并建构的一个非文本的物质世界里，一切叙述主体的幻象都被打破，一切叙述的怀疑、文本的怀疑都淹没在身体和痛苦所蕴含的强大力量中。那不是一个语言的世界，在那里，所发出的每一个章节都消散在时空里。在那里，肢体就是他们的符号,非文本的、物质的声音得到了宣泄和释放——一种缓慢的消解，无声无息，绵绵无尽。

我把身体和痛苦奉为至上，我遵循一个简单的标准——是否有确实的证据在于它感受到的痛苦，我不相信神的恩典和拯救。没有拯救，但至少还有身体……谁也无法否认来自身体和痛苦的权威性，这是一切力量的源泉，这力量无可否认。我会用一种强力终止了无休无止的欲望和疑惑，作为叙述者，他要对伤痛进行历史追溯的尝试，而读者是更多的抵抗与不合作，这就要求，小说的文本保持其特有的开放性和未完成性。要让作品将物质化的身体引入文本，通过象征手法凸现痛苦和这种痛苦的权威性，强调痛苦无可置疑的存在，却不是简单地由受苦的身体发出控诉，在建构的同时反思这种建构的失真性，这正是开放和对话性的小说话语，通过真实和虚构的内聚焦和外聚焦，借用某种封闭环境中独白的叙述手法，对严酷战争中的野蛮精神和颠倒的伦理环境所采取的特殊对抗方式。

说到底，一个真实的战争故事绝不是描述战争的，而是描述太阳光的，是描述落日的余晖以特别的方式洒到河面上的。那时，你必须蹚过这条河，向山区挺进，做你不敢做的事。是描述爱情和记忆的，是描述悲伤的，是描述从来没有回信的亲人和从来不听故事的人们的。

战争还有一个用处，它帮助我们改进了在这个充满不幸的世界回应各种残忍和苦难的方式。

深入人心，又恰到好处。“她真的什么都没穿，刚睡醒的乱发，没有衣物，没有费尽心思的妆容，没有矫揉造作的妩媚，当然也没有一丝的遮掩。美的至高无上的轮廓是难以描述的，只能这样说，她完美的裸体仿佛有一种神圣的权利，可以这样

不顾羞耻，同时又是如此心安理得。”（《得克萨斯》）

理智什么也没有教会我们，一切都是由心启示的。

我是一个彻底的怀疑论者，对反省罪恶现实，以及历史、政治和伦理的意义不断地提出了质疑，对人性和罪恶也抱着悲观的态度。但是我相信可以用虚构的叙述方式来回应我们面对罪恶和痛苦产生的真实的无助感和混乱感。

说到底，无论现实如何恶劣，人们心中某种关于正义感的意识永远存在着，虽然有时候它或许只是一闪而过的影子，但正是这一闪之念，却是奇迹存在的条件和根基。唤起人们心中潜在的正义感，激励他们的反思和行动，反省罪恶现实，在避免历史话语独白结构的同时启发思考，促进行动，这便是战争艺术作品的政治和伦理意义所在。

第二辑 荷那河的水牛

北美夜里的鹰

这世上恐怕再没有一个职业可以与战场指挥官角力，他必须在最短的时间内做出最重要的决定，并且无法回头。

“我想知道我们的弟兄在哪里？我们的情况如何？”

“是的，上校。”

“是否还有弟兄在高草丛中？”

“这里一片混乱，我们被打散了，谁也不知道别人在何处。”

拉瑟尔上校通过无线电联系上了麦克代德中校，但是情况仍然不明。没多久，各营传来命令：“放烟雾！”“阿尔巴尼”阵地的士兵开始投掷烟雾手榴弹，各种颜色的烟雾一下子把美军的阵地位置标示了出来，片刻之后空袭开始了。

携载凝固汽油弹的 A-1E 型天袭者攻击机超低空盘旋，第一批凝固汽油弹落在树林间的空地上，空地边上有大批北越人，这会儿，他们正在那儿清理战场，朝地上开枪，把美军剩余的伤员全部打死。第一次空袭的两枚凝固汽油弹准确击中目标，可以看到它们落在树冠上，胶状的凝固汽油弹从树杈上往下流，北越兵跳起来，企图逃避，但是很快被火焰吞没。这种激动人心的情景，隐蔽在高草丛中的美军士兵看了一次又一次。

“加利·欧文！”地面的美军终于见到了救兵，就在他们陷入绝境时，拉瑟尔上校率领的空中突击师赶到了。

速度慢但是可靠的旧式天袭者攻击机沿着机降区环形防线周围的树林边缘盘旋，经过几轮的轰炸，敌人的地空射击火力已经松懈下来，但是拉瑟尔上校每一次试探性的俯冲，周围的丛林都会爆发一阵敌人密集的火力，北越军把他们的所有武器一起瞄准俯冲下来的飞机。每一次俯冲都是发现目标的绝好机会，地面的美军大饱眼福，飞机飞得很低，当拉瑟尔从他们头上飞过时，甚至可以看见他在机舱里的身影。他在他们头顶上方反复盘旋，向进攻的北越人扫射。有时他会放慢航速，用他的机炮把他前方的土地啃一遍，地上的泥土顿时像翻地一样一片一片地往天上跳。

这会儿其他 A-1E 攻击机也飞抵战场了，并且开始投掷凝固汽油弹，大量的北越军四散奔逃，美军幸存者的前景开始有所改观。

而运载士兵的休伊直升机一直在寻找机会降落，这一编队的两名飞行员都是最优秀的。三十六岁的弗里曼上尉在朝鲜战场上由于战功卓越被破格提拔，而瓦勒斯上尉是位传奇人物，他能够在棕榈林里降落。这两位搭档在越战之前，一直替陆军情报部门工作，在世界上最险恶的一些地形上空执行任务。他们俩老爱争吵，为的是争谁是世界上最优秀的飞行员。在进入

“阿尔巴尼”机降区之前，他们认为，此行不过是开阔一下眼界而已。

但是事情看上去有些糟糕，休伊运输直升机根本无法靠近，只能被迫在天上兜圈子，底下的景象令人难以置信，到处是燃烧的灌木丛，曳光弹像流星般交叉横扫机降区，硝烟弥漫，但丁描绘的地狱也不过如此。

地面的最高指挥官麦克代德中校已陷入了两难境地，高草、灌木和浓密的矮树使保持战争队形变得相当困难，能见度问题也同样麻烦，美军士兵相互之间靠得很近，这在战术上是不妥的，因为这样他们会成为手榴弹、迫击炮弹和AK47步枪点射的好目标。但若是展开队形，恰被北越人胁持，一旦北越人从四面八方切入中路，空中的炮火根本无从下手。

在双方开打的头十分钟内，整个美军纵队里有几十名排长、连长、军士、报话员和步兵阵亡或负伤，迅速影响了通信、集结和管制。

西点军校只教会他们去做出选择，而当一切选择都是错时，需要的是一种超乎寻常的智慧。麦克代德中校小心谨慎地避免“假设”，战争本来便是这样，暴力留下的痕迹是明显的，看上去似乎有人要带着这个烙印活一辈子了，如果还有人能够活着出去的话。

中校意志消沉，陷入绝望。

在绝望的深渊，有一样东西会陪伴着你——黑暗，但是黑暗是宽宏大量的，现在，慈悲的上天正以老哲学家的身份做一些调停。他们似乎被看不见的魔鬼烫了一下，已经生出一些对邪念的悔恨来。

拉瑟尔上校在 A-1 攻击机上通过无线电下达命令："继续向机降区外围撤离，空中火力将以机降区为中心，进行持续攻击。"

这命令看上去很奏效，这期间有一个北越人继续越过机降区空地向美军冲过来，他就像西部片中的人物一样，把 AK47 步枪放在胯骨上，一边前进，一边开枪，很酷的动作，看到他的每一个美军都在向他拼命射击，并且确信一两秒钟内他就会被击毙，但是看起来他好像永远倒不下去似的，当然最后他还是倒下了。

高草丛可以抵到美军士兵的胸口，在空中火力踟蹰犹豫的时候，普贾尔斯上尉听到了敌方声调很平的说话声越来越近。听起来，他们很激动，这个指一指那里有危险，那个指一指目标，然后他们用自动步枪打了几个短点射，有时听到惨叫，大家都明白这是怎么回事。

"他们在杀我们的伤员！"有人喊出了声。敌人正在扫荡战场，杀红了眼不留一个活口。

休伊直升机在攻击机的掩护下准备降落，敌人的曳光弹在天上打出了一道火力墙，无论降落还是起飞都得穿过那堵曳光弹之墙，一旦接近地面，轻武器又会朝飞机猛烈射击。弗里曼上尉正小心翼翼地准备穿过那道曳光墙，当子弹从四处飞来时，他猛拉操纵杆，由于发动机全速运转，直升机一下子就蹦了十米高。

“谁能够在这儿降落？反正我是不敢。”

休伊直升机迅速上升离开机降区。A–1 攻击机向环形机降区进行了再一次近距离战术空袭，炸弹像雨点一样落下，敌人的火力减弱了，他们正在向后移防。美军炮兵把他们的一百零五毫米的榴弹炮炮管摇低，近距离向敌人直接平射高爆燃烧弹，持续二十分钟后，炮管差不多已被烧红。

时间无比漫长，但又十分紧迫。

自然界的一切争战，说到底是一部分的自己消耗了另一部分的自己。只不过有时候，自己也成了自己的陌生人，而现在，如何叫醒一个个肉体受戮、心灵遭灭的灵魂，无人知晓。

弗里曼上尉透过机舱看到了他这一辈子最绝望的夕阳，它像是猜透了他的心思，将它的灵魂向他展示。他把左手按在了前胸，正按住一枚朋友送的圣克里斯托弗胸章。

伟大的英雄主义精神在关节骨的咯吱声中，正吟唱艾布·阿拉的诗句：

纵然仅留下我一人
也要创造出空前的奇迹

“可我真能活下来吗？”弗里曼觉得即使一只蚂蚁也难以穿过如此密集的弹雨。天空中到处都是曳光弹的弹道。但是拉瑟尔上校在前方鼓舞了他，他驾驶的 A–1 攻击机，正为他开辟出一扇半圆形的空间。弗里曼上尉一直祈祷着，突然他发觉震耳欲聋的枪炮声消失了，前方寂静得像墓地一样，他下意识地摸了一下耳朵，却沾来了一手掌的鲜血，他什么都听不见了，“这真不好玩”。

帕里什军士率先冲出了高草丛，但他并没有朝直升机走来，而是穿过机降坪的空地一直往前冲去，像发了疯一样，那挺 M60 重机枪横扫敌军，与拉瑟尔上校的空中火力恰围成了一个包围圈。真是条好汉！他的肩部被子弹撕裂，不久后，钢盔又被打飞。下午 4 点 15 分，首批美军士兵搭载休伊运输直升机成功撤出了“阿尔巴尼”机降区，帕里什军士并没有登机，他的颅骨被击碎四分之一，正躺在高草丛中，但他还活着。

在他的前面可以看到上百个被打死的北越士兵呈半圆形躺在地上。

“也许，我再也看不到明天的太阳了。”

帕里什军士这样说的时候，夕阳正卡在了被凝固汽油弹烧黑的枝丫间，帕里什军士的生命游离其间，若即若离。生存的法则是卷宗里的契约，对此他仿佛已了然尽知，看清了自由的真面目，热情洋溢的理想主义者的角色在贪婪的怀抱里开了窍，破烂的衣衫遮不住赤裸的躯体，训诫和良言保存了谄媚和欺骗。这之后，他意识模糊，陷入了昏迷之中，在瓦勒斯上尉的运输直升机降落时，他已经一无所知，时间于他已经停止了一般。

弗里曼上尉飞回基地时，他的衣袖上已经淌满鲜血。

“终于回来了！”有士兵站在直升机的起落架上，悬在停机坪上至少有四米高的上空。

“太高了，我们是步兵，又不是伞兵！”

“出去！滚下去！”他们回头瞧见了机舱里满身是血的弗里曼空军上尉，他正拔出了手枪，“快给我滚下去！”

直升机又下降了一米，战士们一个接一个从起落架上跳了下去，站在地上回过神来，可以看到休伊直升机上布满了弹孔，起码有三十来个。“能够活着，真好！”

不愧是最优秀的飞行员，休伊直升机在空中划出一道完美的弧线，一头扎进了夕阳的胸膛，他要再次去营救另一拨的兄弟。上天有消耗有生力量的怪癖，每一次相似的堕落，除了在生者心中留下伤痕之外，实在没有其他功劳。

在“天袭者”攻击机上，可以看到北越军正像潮水一样退去。“绝不在敌军撤退后的阵地上多待一刻钟。”这是北越指挥官的作战原则。

弗里曼上尉驾驶的休伊直升机再次飞进“阿尔巴尼”战区，底下的桉树林开始弥漫一种蓝灰色的迷雾，像沾在衣襟上的烟末。突然“轰——”的一声，弗里曼上尉恢复了听觉，听到发动机的嗡嗡声有些怪异，但不碍事，倒是觉得像一个出征的勇士的腰刀拖在沙地上发出的铿锵声。

“反正也就那么一回事，不然恐惧过于强大，会把精神摧毁的。”一想到拿破仑曾被关在圣赫勒拿，他便觉得死亡已经无所谓了。

起先弗里曼看到太阳上有个凹洼，不久发觉那是一架“天袭者”攻击机，过度疲劳总会让人产生病态的错觉。它倾斜着一个完美的角度，每位空军都记得莱特的一句话“只要赋予适当的力量和正确的倾斜角度，就是谷仓门也能够飞过去”。经历过一次死里逃生，弗里曼天生的、应激的勇气全跳了出来，好比癞蛤蟆塘里掉进了一根椽子，并且因为已经渡过了恐惧的难关，开始用讽刺与轻蔑去嘲笑别人的怕死样了。

“弗里曼，我以为你死了。”

“我想抽根雪茄，喝口马丁尼酒。”

“刚才我降落的时候心无旁骛念叨着你的名字——弗里曼。加利·欧文！我们责无旁贷，为了祖国英勇作战！”瓦勒斯上尉接过了无线电话机。此时他正调转机头飞往基地，东方的天空，深蓝绛紫，像一幅远古创世清晨的油画。

“让这种义务和爱国主义见鬼去吧！如果义务是涂炭鲜活的生灵，爱国是扰乱安谧的生活。”在他再次降落休伊运输机时，曳光弹已经消失了踪迹，底下一片焦土，死神正捂住一切生灵，摄取它的灵魂。

“不，不！”弗里曼可不这样认为，他自言自语，并且强烈感觉到，适当的时候人还会给自己看病，因为良心已经变成了最伟大的教士。其间他又听到了另一个声音“让战争拿去它所有的一切好了！我所具有的却是无穷无尽”。这是永恒的时光在说话。

他停妥了飞机，独自离开，谁也拦不住他，他要去高草丛中找回勇敢的帕里什军士。他目光如炬，身材魁伟，假如还有许多人无法理解他的行为——这会让他随时成为剩余狙击手的活靶，并且擅离职守会让他受到严厉的军法处置。但权当是这场战争有意犯下的错误的赎金，他比任何时候更像一名战士，仿佛神庙的祈祷借以太的翅膀，将一些勇气和正义安放在情感的圣殿——人的心田。

此时，拉瑟尔上校率领的 A-1 攻击机编队正为战士们撤出“阿尔巴尼”提供强有力的掩护，撤离已接近尾声，攻击机在敌人和机降区之间设立了一道炮火屏障，尽可能阻断敌人的一切活动。现在北越军只剩下零星的狙击手，下午 4 点 45 分，弗里曼找到了躺在高草丛中的帕里什军士。

“起来，你可以的！”弗里曼上尉对军士说。

奇怪的是，重伤昏迷的帕里什军士居然睁开了眼睛，他朝着弗里曼上尉笑了，这笑容有些诡谲，仿佛有种抓不住的遥远。

“我也救了你，这事咱俩算扯平了！”弗里曼上尉蹲了下来，跪直身子，他想把战友背上肩膀。此时，帕里什军士的笑却僵住了，他努力想说些什么，但什么声音都没有。

“先听我说，我们打赢了，一切都结束了。”

接下来的一秒，比闪电更迅疾的是北越军枪柄的一击，弗里曼上尉被抡翻在地。越南兵一只脚踩上弗里曼的胸颈部，端起 AK46 步枪瞄准了他的脑门。

“一切才刚刚开始。”北越军生硬的英语听上去像一出在彩排的歌剧台词。

“这纯粹是意外。我是说，这样死太不体面！”半生翱翔天空的弗里曼上尉喃喃自语。北越军拉开了枪栓，子弹上膛。

一个人在死前一定会有许多话要说，这事大多数人有同感，弗里曼也不例外，现在有一只青蛙不合时宜地“呱”了一声，把弗里曼上尉的心肝儿都差点儿叫碎。

“砰——”脑浆四溢。

越南兵重重地倒在弗里曼身上。魂飞魄散的弗里曼努力镇定下来并试图推开身上的死尸，一位身着迷彩服的美军士兵突然从一棵树后闪出，他颈上挂着两三架照相机，对着弗里曼和刚咽气的北越军尸体快速按下快门。然后拔出腰间的手枪，兴奋地对着冒烟的枪口吹了吹，憨憨地笑着说：“想不到，这还真好使。”他看着弗里曼，顿了一两秒钟，搓了搓手，握住了他伸上来的右手。

“战地记者米勒，国际社西贡分社首席记者，我听过您许多事迹。”

“要是没有其他事的话，我先去驾驶我的飞机。”弗里曼掸了掸身上的尘土又指了指帕里什军士对米勒说：“您走的时候，顺便捎上他。”

休伊直升机的翼翅在旋转，机头向西，弗里曼的英雄气概被供上了祭坛，变得温文尔雅，但这简直令他发疯。他头脑一片模糊，一时象征着空空如也，一时又表示很多东西，好比这世上深思熟虑者众，而悟出真谛者真不多。

残敌被赶进了丛林深处，因此敌人的射击也停息了下来，只是偶尔会听到冷枪的响声，更多的运输直升机掠过高大的树冠飞进机降区，这是美军的风神敢死队，这次自杀性的出征，已经由弗里曼上尉和瓦勒斯上尉这两位最优秀的飞行员先行担当了，接下来的哈洛威精英们刚从舒适的床铺上爬起来，穿着夏威夷衬衫，头戴飞行员墨镜，穿着牛仔裤，看上去养尊处优，像拍电影一样。

机降区有几个兄弟挂着 AK47 步枪，那是缴获的战利品，连续六十个小时作战，谁也没刮胡子，但他们依然步伐有力，队伍紧凑，整个陆军队都会为之自豪。“加利·欧文！”他们有序地登上了休伊直升机，飞机逐一起飞，进入苍茫的夜色。其间，他们看到丛林底下的空地上仍有许多落下的士兵，他们三三两两，大部分是伤员，还有人拼命挥舞一块被血染红的破布……

梅　　吉

法令规定他们的服役期是十二个月，倒霉的海军陆战队是十三个月。有一个奇怪的现象，每次激烈的战争之后，他们的士气就会低落，特别是服役期将结束的战士们——他们可不想在最后几周或者最后几天去冒受伤或者阵亡的危险。

不久前，威斯特法尔中士给家里打了电话，他说一周后他的服役期就满了，他与家人讨论他将何时到家，并筹划着相聚后的一些安排。为此，他还抽空去了趟西贡，花了他两个月的薪水，买了一个镶着牛角的沉香盒，他说这是带给他兄弟新婚妻子的见面礼。但两天后他在一场伏击战中阵亡，他的床上还有一封没有写完的信，描述了他一切的不顺利：

情况真是糟透了，我们每个人都很悲观。我一度感到我的脚似乎就要断裂，肚中饥饿难忍而且腹泻不止，我的背部感觉就像一面由神经组成的镜子，被防弹短上衣以及背负的迫击炮弹和机枪子弹挤成千百万个碎片。我的双手被棘刺扎得鲜血淋淋，我的脸被蚊子叮得伤痕累累，我特别渴望抛弃所有的东西，瘫倒在水稻田中，大哭一场。我记得一位上尉飞行员在一个酒吧里看到一群步兵们时说过，“你们该死的步兵总是认为你们是唯一生活在艰苦环境中的人”。他说得真对，我们的确是这样。

给他们许多人带来恶劣情绪的还有一样东西，不经历实战的人们永远都体会不到。鲍勃在日记中曾写过这样一段话：

我过去曾认为，为国家而死是一件糟糕透顶的事。但现在我不这样认为了，我现在认为，为了国家而进行杀戮远比为国家而死更加糟糕，因为那是一个个永远萦绕于心的痛苦记忆。

源源不断的毫无作战经验的美军新兵被注入缺位，他们的背囊中装满了剃须膏、润肤香水、干净的内衣等一大堆笨重的玩意儿。而他们的对手大都是久经战火考验的游击队员并且在本土作战。在上战场送死之前，甚至没有人教给他们一些必要的作战经验。尽管如此，威斯特摩兰仍对武元甲将军极尽嘲讽之能事：“如果一位西方的指挥官像武元甲那样损兵折将的话，他将很难在指挥官位置上撑上几周时间。”

的确，因为人类历史上，从未有过如此广泛运用空中力量——去攻击敌人，去破坏敌人的掩蔽物和食品供给线，去执行其他几十种任务的先例。他们通常用一两个小时，就把一座城市炸回石器时代，到处都是房屋的地基，甚至没有一根竖立的柱子。

士兵们的生活就在前线和营房之间交替变换，他们已经渐渐习惯这种生活。战争是一种死亡原因，如同癌症和热病，如同痢疾和感冒，很普遍。只是死亡的发生更频繁，样式更多，场面更惨烈。

阿尔贝特就是这样一个愚蠢的小伙子。

他的不幸是看到了一大片矢车菊，对，他来自得克萨斯州，当时他们正好从前线回来，这片矢车菊就开在路边的拐弯处，他离开队伍跑进了草丛中。

有人喊："阿尔贝特，回来，小心有地雷。"

"我就去采几株，这花开得和家乡的一模一样。"他的表情很独特，长期麻木的脸一旦生动起来，就会让人觉得很古怪。但他很快被一声巨响掀起，空中纷纷坠着矢车菊的花瓣。

他被救了回来，但脑部受了重伤，战友们问他家乡在哪儿，他总也答不上来，但他看到矢车菊时仍会露出笑容，他只会说"梅吉"这个名字，后来大家知道了"梅吉"是他女儿的名字，他没挨多久，就去世了。这以后，大家更小心翼翼地去避开一些格外美的东西，如野玫瑰、野葡萄、野果子，好像那些就是死神与邪恶的象征。因为战争还在继续——死亡还在继续。

而一些关于停战的谣言只存在于梦里，像草坪上红艳艳的美人蕉，像掠过焦土的腥热的希望之风，令人焦急、失望和发狂。

奎格琳更愿意相信，这种被战争的死亡恐惧压抑着的生活是极度危险的，要是它以别的方式爆发出来，仿佛加热过度的蒸汽锅炉被炸开，不可收拾。

而两天没有合眼的苏珊娜，已经忘记做了多少台手术，从火线上运下来的伤员，不管伤势有多重，只要见到她，就会感觉到温暖和希望又回到心间来了。他们喜欢她的冷酷，这不难理解，像一个疲惫的人更喜欢黑夜一样。当然，他们也喜欢贴在她额前的褐色鬈发，只是不敢有非分之想，怕一激动，病灶就会迅速地扩大，他们只是像绅士一样看着她，连痛苦的呻吟都带有蓝调的忧郁。

她很快睡着，并做着一个活体解剖的梦，器械缓慢而持久地游走在一个人的器官之间，特别是在活体大喊大叫时，她的精力更为旺盛，动作更为娴熟。这是一出绝妙的游戏，有时候我们会因为别人受的苦比自己多得多，自己的苦便没有什么感觉了。当然不是永远如此，让她遇上一段感情，碰上一点儿道德上的小麻烦，事情就完全变了样，到了那会儿上帝或者魔鬼，都无法改变她的意志了，并且像她那样性子的人只会朝一个方向走去，像暴雨折了枝丫，炮火摧毁了大理石柱，不用再怀疑什么，一个彻底的终结主义者。

现在，一切还在继续，但愿无凭的猜想错了！

挨过几个时辰的重伤员，已经不再大喊大叫了。想得最多的是——怎么自己还没有死？他静静地躺着，一动不动，那样子简直令人发疯。当第二名伤员被扶进机舱，不小心踢了他一脚时，他才回头睁开眼睛。

“吓我一跳，我以为你死了。”

“我跟你的想法一模一样。”

这些伤员必须尽快处置，别看他们现在活得好好的，断气只消一眨眼的工夫。弗里曼为苏珊娜照明，这强烈的光线对伤员来说，既不刺眼，也不烤人，只产生温暖。

等死的时间拖得这么久，是他们始料不及的。刚才他们已经把自己整个一生大大小小的事情都差不多想了一遍，想起了自己走过的每一步路，交过的每一个女朋友，喝过的每一杯酒，包括说过几次谎，并且考虑要不要对牧师说真话，他的录事簿上是否都记载得一清二楚……

“我在威斯康星州有一个女朋友，你跟她长得真像，她也是个医生，不过是为丹顶鹤看病的。我要是死了，就再也没有人给她送花了。”

“您不会死的。”

“她喜欢矢车菊，橘色的那种，很热烈的颜色。”

“每个人都喜欢。”

“她骂我是懒汉、酒鬼……”

当苏珊娜收起听诊器时，简直不相信自己的耳朵，一颗几乎不再起搏的心脏，还能让他回忆起那么多。

“要是她现在就在您身边，您想对她说什么？”苏珊娜问他。

“我一直想对她说，我确实如此，又懒又笨，还爱酗酒，可我爱她。”

“得了吧，我猜她一定嫁给别人了。”弗里曼上尉说道。

他的眼神一下子黯淡了，犹如深夜茫茫草原上起了风暴，有东西在他胸中剧烈地荡漾，他在战栗中拉住了苏珊娜的手。

“我们差点儿就结婚了。”

“一切都不算太迟。”苏珊娜安慰着他。

“她五年前去世了……”他声音低沉，像是梦呓。弗里曼换了一个姿势，他变得小心翼翼，像提着马灯走进了火药库。她注视着他，他的嘴角泛起一丝令人生疑的微笑。人死了，笑容还留着，实在凄凉。

要把所有的伤员都找齐并且带上运输机，可不是一件容易的事。用 C125 照明弹时，所看到的情景令人难以置信，完整的尸体和破碎的尸骸散落四处，真正的尸横遍野。看上去像魔鬼的屠场，连树上都倒挂着死人，血流遍地。他们最亲爱的兄弟都战死了，现在就躺在他们的周围。

不久，他们又发现一个幸存者，他的双腿受了重伤，身子倚在一棵树上。他被凝固汽油弹烧煳了，却还是在黑夜中强撑着等待救援，北越士兵曾用手枪对着他的眼睛开了一枪，他的眼睛被打瞎了，但是他仍然神奇地活着！当他被拉瑟尔和亨利抬上运输机的时候，嘴上抽着一根香烟，浑身上下不成人样。

“我们的尖兵排几乎全被打光了。”

“3 连也差不多全被打死了。”当上校他们再次走进林子里时，听到较远的西边传来一声枪响，这是一位美军士兵用柯尔特手枪开的一枪，为了把他们引到那儿去。他伤势很重，胸部和双膝中弹，不能动弹不说，连喘气都困难，但他还是完整地说了一句话："我知道你们会回来找我们的。"

他之前一点点挪动身体，把四周死者身上的武器弹药都收集了来，为了在必要的时候可以拿来跟越南人拼命。在等待的几个小时里，他把身边的武器擦了一遍又一遍，并且一点儿也不浪费时间，顺便明白了一个道理——"理想指导行动，而行动却颠覆了他的理想。"看上去，这有些糟糕！

约瑟夫·哈马赫是刚被截肢的年轻人，一条腿被绷带缠着，他和许多重病号躺在同一病房里。

"我浑身都痛，骨头和脑袋像要炸开。"

"我也一样，我已经这样一动不动躺了十天了，我的脊椎被打爆了。"旁边床的德拉·沃伦对他说。

"我一条右腿没有了。"

"只要不到边上那一间去，就是十足的幸运儿了。"

"边上一间，太平间？"

"不，是临终病房，太平间在它的边上。每个被送到临终病房的病人都没有再回来过。"

"他们为什么这样做？"

"那房间靠近太平间，把人送出去很方便。最重要的是他们不想有人死在大病房里，也是为别人考虑，当然也更有利于单独照顾他。"

“那么他本人呢？”

“通常被送到那儿去的人，再也不会觉察到那么多了。”

…………

他们说这话的时候，对面 1 床的重症病人剧烈地咳了起来，弹片使他的胸腔受了感染，浑浊的积水正充塞着他的肺部，他们的谈话被他的咳嗽声打断。

就在这时，医生和护士走了进来，医生替他检查了一番，向护士做了一个独特的手势，接着一辆平板车就推过来停在他的床边。

“到哪里去？”他急促地问。

“去处置一下您的伤口。”

他被抬到了平板车上。“不，我不去，我就待在这里！”他突然坐了起来，用他被打穿的肺低声咆哮：“我不要到临终病房去。”

“我们是去包扎室。”

“让我待在这儿吧。”他的声音几近哀求。

他们再也没有理会他，把他推了出去，全体病号都目送着他，车子推到门口时，他还试图坐起来，眼里噙满泪水，低低地哀号着：“我会回来的，我一定会回来的！”

他被推出去后，门就被关上了。

大家都很激动，但是没有谁吭声。

最后德拉·沃伦对哈马赫说：“以前也有人这样说过。”

“说过什么？”

“说过他们会回来的！但是一到那儿，就坚持不下去了。”

“把门打开！”哈马赫突然高声喊了起来，“我数到三为止，要是还不打开，我就要扔东西了。”

“我也要扔，我数到五。”另一个病号积极响应。

“一——二——三。”哈马赫抓起床头的热水瓶，瞄准了一下，把它扔到了门上，水瓶碎成了成千上万片。

奇怪的是，大家都安静了下来，这碎片好像扎在了他们的心上，他们的心是布满大大小小弹坑的荒原，然后就是无边的寂静，甚至可以听到静脉注射的滴答声。

几天后，一场战争下来又有许多伤员，临终病房也不再顶用了，那房间太小，夜里就有伤员死在大病房里，人死得太快，医生护士连考虑都来不及。

第二天上午，一辆平板车被推了进来，担架上埃文斯笔挺地坐着，他胡子拉碴，脸色苍白，因为瘦弱，他的脑袋看上去扬得格外高，他非常得意，护士把他推到原来的那张床上。

埃文斯从临终病房回来了，大家以为他已经死了。

哈马赫突然哈哈大笑起来，他问他边上1床的德拉·沃伦：“现在，你怎么看待这事？”

沃伦沉默了好一会儿，才说话：“总之，这是一桩好事。”

我要讲的最后一个故事是与我有关的，在此之前，我缺乏点儿勇气，或许整个故事讲完后，我会告诉你们，这是我编造的，全是编造的，每一个该死的细节、山脉、河流、夜晚，没有一件真的发生过，一件也没有，即使发生了，也只是在梦里。

我的梦里，雨总是拼命地下，我会为梦见舌间有一只蚂蟥而尖叫着醒来。为了让你们也能从梦中尖叫着醒来，我想我还是得把这故事讲给你们这些不会回信的人们。

我们这些脱下军装回到魂牵梦萦故乡的将士将成为一群茫然无依、备受指责的陌生人，因为我们在敌人的交叉火网下匍匐前进、在酷热的丛林里奋战拼命时，国内激烈的反战人士已经带领民众像憎恨战争般开始憎恨起我们来了。

幸运从战场上活着回去的人，除了因疾病、伤痛而失眠失神外，只留下一张张泛黄的照片和一大木箱装着绶带和勋章的可资追忆与感伤的东西。国内的同胞还会怀疑我们是否还有健全人的心智，以适应正常人的生活。

死的意念包围着我，一天比一天更阴沉起来，没有一个思想不在我心中引起死的感触。

死，似乎是生命中唯一的幸福了。我已经不复怨恨了，因为已经太晚。现在我感觉更迫近永恒，我将重新回到人生的旷野，心中充满了再次战斗的勇气。

安溪高地

一盏红色的灯，让约翰的脸愈加惨白，破旧的桌上摊满了刚洗出来的照片。

“我以为你久经沙场，再没有什么可以把你击倒。”

约翰吐着烟圈儿，悠悠地说着：“有些事情是最坚强的人也受不住的。”

拉瑟尔沉默了，他又把目光转到了黑魆魆的窗外，白月光正在漫无边际地铺展开来，像一块巨大的殓尸布。被击倒的不是约翰，是人的良知，是尚有余温的躯体，是卑微的愿望。

约翰用左手拿起桌上的一张照片，“这是来自加州的文森特，你一定知道他”。

“我知道，每一位阵亡战士的面容我都记着。”

“干吗要有阳光，你看阳光落在他脸上多么灿烂。”约翰狠吸了一口烟，“他太年轻了，像我儿子一样。”

然后他用打火机点燃了照片，火渐渐地烧着了照片上文森特的脸，他似乎笑得更灿烂了，但很快就被火焰吞没了。

“战无定势，人无常形，谁也无法预料明天的事。”

“你是说我们无法选择自己的人生，还是我们这种人根本就称不上人。”

“在成为英雄之前，我们什么都不是。”

“不，这个战场上不会有英雄！只有一些终将被人们遗忘的名字和带着伤痕的可怜的躯体。”

约翰掐灭了烟头，然后从上衣口袋里又掏出了一支烟，没有把它点着，只是在手中摆弄着，他继续把话说了下去。

“这不是斯巴达克斯战役，也不是独立战争，我是说我们，只是脾气不好的孩子手中的游戏筹码，一直到战争结束，我敢断言，不会有一个英雄！”

约翰把自己禁闭在室内，第二天整个上午和下午毫不停止的大雨安慰着他，这一天好像是从微明的早上直接进入了漫长的黄昏，其间许多思想扎下了根，并发展了它们自己。

在那种倾盆大雨中，营帐和临时的房屋都受到了考验，战士们拎着水桶拿着拖把，在大门口阻止雨水倒灌。

天气日渐清凉，究竟怎样一种空间才能把人和人世隔开而使人感到寂寞呢？这样的境遇中，人们会找到答案。

约翰没有完成他的战地通讯，他用钢笔在纸上涂着一些胡乱的文字。这些文字像一些乱码，必须在特定的环境中解析，又像哀哀的风掠过荒芜的岁月。

一切的一切，最终都像河流一样从我们身旁经过，但我们并不是完全都被纠缠在大自然之中，我们可以超乎任何行为及其后果做决定，我们的肉体不会寂寞，我曾经听说过，一个人虚弱到极点,病态的想象力会让他看到周围有许多奇怪的幻象，他以为它们都是真的。同样,身体和灵魂都很健康有力的时候，我们可以清醒地从类似的、更正常、更自然的社会现象中得到鼓舞，发现我们并不孤独。已经死亡的一百零二名战士也不寂寞，他们的生活空间太拥挤，互相干扰，彼此牵绊，死了也不安宁。只是人的价值并不在他们的肉体上，也不在我们将要错乱的神经质中，所以对于寂寞得重新认定，对于历史更适于遗忘……

黄昏的军营，像九十摄氏度的一锅水，狂热的情绪在闷热中缓缓地流动着。

“弦乐手”下士托雷从窗台边儿取下了五弦琴，用一知半解的指法，弹奏、哼唱着：

> 我的老爸爸是夏洛特郊外的一个农民，家里有一百英亩的土地，他盘算着今年……

“这样的夜晚,我应该和一个女人在一起。”边上的哈瑞·古斯里奇用一只脚踢着上铺的床板，“喂，‘传教士’，你现在在想些什么？说出来让大伙儿听听。”

“我不想女人，我现在很沮丧，因为害怕死亡。”他斜坐在床沿儿，背靠着墙，抽着烟，“很奇怪。我居然在不同死法的设想中又产生了愉悦感。”

“说出来听听，你是怎么死的？不不不，你是怎么设想的？”

“从昨晚到现在，我设想了许多种我不想要的死亡方式，第一条是不要被该死的雷劈死，永远不要让那样的事发生；第二条是千万不要被安德鲁先生的子弹击穿脑瓜儿，然后我脑浆迸裂，他在那儿傻笑……”

“这个有可能，你得提高警惕。”

“听我说下去，第三条是千万别被体重超过二百磅从高空坠落的老太太砸死，或是类似这样的死法；第四条是千万别在弗吉尼亚医院边上的超市门口被50年代的野马牌货车轧死，因为超市那天正在促销天蓝色的底裤……”

“有没有什么好一些的方式死呢？”

“有，在床上被印第安女人的膝盖压断气，在非洲草原上被丛林里女人的矛刺穿心脏，你想要哪一种？”

“留着自己用吧！我还不想死。”

“新的命令马上就会来，我已经嗅出气息了。”

“什么气息？”

“红色浪潮正在席卷过来，美利坚合众国该玩点儿真的了。”

大伙陷入了短暂的沉默，只有托雷的五弦琴又奏出了新的旋律。

我的姑娘在葡萄架下，她对我情有独钟，她在

我身上嫁接了美利坚最钟爱的新枝，她热情如火，对
我献出了她的全部……

这会儿万籁俱寂，弦音犹如莫扎特的《小夜曲》般的纯净与优美。

1962 年 11 月 12 日，驻越南美军司令部部署了“绿色贝雷帽”行动，成员由最精锐的特种兵组成，将逐步渗入越南的各种军事组织，主要任务是与南越部队协同作战，将战事带到北越。对越共军事组织进行侦察、骚扰、破坏与渗透，需要从事山地战、丛林战、游击战和北越海战。这四个特种作战群直接受命于美军司令部，接受拉瑟尔上校的领导。

战争开始了。

但这却让拉瑟尔激情涌动，并前所未有的头脑清晰、思维敏捷。这是一个优秀的军人区别与常人的地方。环境愈恶劣，情势愈严峻，任务愈艰巨，他的状态愈与之相契，勇气、智慧和意志随之上升，达到极限，并不断突破。他永远掌握局面的主动权，别想他的面前会有窘境，除了壮烈的牺牲，一个勇士和智者的死从来都不需要哀伤。现在拉瑟尔正感到有一种无限而强大的力量，把某种信仰和他的灵魂结合起来，他已经迅速地进入了状态。

“一个无坚不摧的猛士在徒手格斗中将所向披靡，同样一个训练有素的射手在战斗中将保有绝对的优势。”

越南的深秋，气温似乎已经下降了不少，而剽悍、强壮的

特种兵正在血汗中经历着生命的苦夏。

现在，拉瑟尔正躺在床上，等待打个盹儿，雨点拍打着玻璃窗，他深深有感于某些幻想，并围绕着这些意象，想到某种无限的温柔和无限痛苦着的生命，并意识到拉瑟尔是自己但同时又是另一个人，就像身体和灵魂开始分离，以及对人类愚蠢的狂怒，并强烈意识到狂怒的无能。

雨越下越大，嘈杂的声音从门窗的缝隙钻了进来，拉瑟尔从床上坐了起来，想着与他一样在参加越战的美军士兵们，一定非常希望过上安定、体面的生活。无忧无虑，沐浴白日阳光，安享黑夜宁静，他们原本可以轻而易举地做到。

但现在严酷的环境已经让他们连美梦都做不出来了。这个雨夜的晚上，如果每个人细心地观察，会发现这样一种现象，任何事物的背面都有一种原始的、公正的法则，它将苦难、盲目、愚昧平均分配给各个民族，绝不厚此薄彼。

弗希里仍爱对拉瑟尔谈论一些他的观点，他喜欢以历史学的眼光去看待一些政治问题，虽然他已经与前妻离婚一年多了，但骨子里仍摆脱不了历史学教授前妻对他一生的影响。就像姑娘不愿遵循老年人的习俗一样，但无论如何叛逆，最终仍走着老人走过的那条路。每当这个时候，弗希里就会发觉，一对精神上已经彼此厌弃的夫妻和好了——暂时地和好了。

“我们借着战后强势的力量，试图来选择和塑造世界，却从来不去研究东南亚地区的历史、文化、人民的政治信仰及其领导人的个性特征与习惯。他们不温不火，屈服于天命的哲学，他们对我们积极的原则根本不配合。”

“现在我们应该审视一下，我们的外交政策是否基于道德基础之上。事实上我们对自己的决定总是模棱两可。”

“我与你的观点很接近，从白宫和五角大楼到每个越战军，谁都无法充分地解释发生了什么事情，以及为什么我们要这样做。”

“我们并不拥有天赋的权力，替别人去选择自由和民主。”

“政治选择与爱情的选择有共同点，都是顺应着天性与欲望的要求，基于一种病态。”

“何以见得？”

“自私狭隘，偏见盲目。当然不可否认，这是事物的初期，然后他们会在痛苦中清醒，并且越来越高尚，再后来，时光就这样流逝了，直到彻底醒悟，一切已不复往昔。”

“不，我认为，政治总是在借口逃脱罪名，而爱情却甘愿认罪伏法。”

但战争始终是银行家的最爱，这个世界上绝大多数的人从来看不见事物的本质，不是因为他们太愚蠢，就是因为他们太邪恶，但战争可以让更多的人了解真相，我相信，所有的手段——经济的、军事的都只是一种技术而已，你们饮了自身的血，始觉酣畅，我们砍斫了自己的躯体，才感舒坦。

而在越南有这样一句军事格言：“得中央高地者，得南越。”

眼下，越南的中央高地是美国特种部队“绿色贝雷帽”控制的地区。拉瑟尔上校被司令部派往中央高地安溪，就像得克萨斯有印第安人一样，安溪高地有蒙塔格纳德人。

安溪高地风光优美，东部沙滩细滑，碧海无垠，中部丘陵起伏，溪流淙淙。再往西就是内陆山区，这里是蒙塔格纳德人的家乡，在美军到来之前，他们仍然以刀耕火种的方式从事农业生产，靠天收成，但是坡地上地薄，三五年耕种后地力就贫瘠了，他们就放火烧荒换块地再生活。生活在低地的越南主体民族京族人看不起蒙塔格纳德人，鄙视并粗暴地对待他们，叫他们野蛮人。蒙塔格纳德人对京族人充满着仇恨，为了以牙还牙，他们心甘情愿跟外国人一道打京族人，先是为法国人打仗，现在为美国人打仗。他们是美军勇敢、忠实而厉害的雇佣兵，并且在家乡的地盘上打仗得心应手。

上校到达新驻地后不久，就带着军士长和一个持霰弹枪的卫兵驾驶着吉普车从安溪沿 19 号公路向西开了十六公里，进入一个无人区，然后在一处标志杆前停了下来。十一年前“越盟”在那里打了一场极其猛烈的伏击战，歼灭了法国陆军第一百机动兵团的大部分人员。眼前，这里有一块纪念碑，碑上用法文和越南文刻着两行字：“1954 年 6 月 24 日，法国和越南的士兵为了各自的国家在此捐躯。”拉瑟尔上校在那儿停留了两个小时，算是战场思古。在这里，武器的残骸、炮弹的碎片，还有散乱的弹药箱仍然随处可见，一片苍凉，仿佛在提醒着入侵者：谁低估这个顽强的敌人所付出的代价就是死亡。

从 19 号公路再往北，就进入了丘陵和山区，有一些原生丛林，偶尔有宽阔平原，仅有的几条次要公路都没有铺沥青，吉普车剧烈地颠簸着，在老挝、柬埔寨、越南三国交界地区生长着茂密的热带雨林，阳光终年照射不到地面，林子里十分幽暗，土壤永远是潮湿的，横生的藤蔓和杂乱的荆棘使他们寸步难行。但其间有纵横交错着的湍急的山溪和蒙塔格纳德人开辟出的羊肠小道。

拉瑟尔上校摊开了军用地图，地图上散布着二十来个黑点儿，上面注明是蒙塔格纳德人的村庄，可是一整个下午，他们既没有看到任何村庄也没有见到任何蒙塔格纳德人，军用地图随着蒙塔格纳德人的迁徙已经不准了。

“我能预见到即将来临的战争是很激烈的！”接着拉瑟尔又说了一句话，“谁都不可能在这片屠场取得廉价的胜利，而事实上也根本无胜利可言，这里只有可怕的死亡！”

凭着久经沙场的职业敏锐性，拉瑟尔上校在对局势的判断上，一向有无可比拟的洞察力。而眼下需要做的事很多，侦察地形，与蒙塔格纳德人沟通，制定作战方案，包括训练精确飞行。

美国内战期间有条原则，一个优秀的军官尽可能不骑马，这样要求军官有充分的理由，如果你骑马，而你的手下士兵却步行，你怎能知晓他们有多累、有多渴，他们肩上的背包有多重？在越南战场上也奉行同样的原则，虽然每位营以上军官有一架自己专用的指挥直升机，但拉瑟尔明白，你要想知道真实的战况，你就得跟兄弟们一起待在地上，必须获得第一手资料。虽然像乔治·巴顿将军所说的“战争的原则只有三条：魄力、魄力、魄力”，但是上校更明白实战，谁都能在四百五十米的空中做到干净利落、客观冷静，也很容易提出部队不可能办到的要求，很容易使部队犯致命的错误，因为在高空很难体会地面部队陷入泥泞、鲜血和混乱之中的情形，如果没有精准的判断和决定，战争很难取得最终的胜利。

我们有优秀的下士和中士，还有一些优秀的中尉和上尉，他们比良将更加重要——拉瑟尔上校这样要求全体军官，而自己也一直这样做。

在许多个安静的夜晚，帐外婉转的鸟鸣、壁虎尖细的叫声和营地煤油灯的吱吱声汇成一片，营地帐篷晚上实行灯火管制，煤油灯只能照亮帐篷内部，不允许一丝光线透到帐篷外。营地外有一排旧式法军堡垒，土坯的泥墙外，死神就默默潜伏在那夜色中无边的雨林里，这让人情不自禁地想起当年守卫这座现已坍塌的堡垒的法军士兵。有些事物会随着时间的推移而变化，但是军人的思考方式不会改变，十多年前法军指挥官在准备发起攻击之前，肯定也和拉瑟尔上校一样默默凝视着黑夜中的雨林。

在最初的一段时间里，巡逻小分队对整个地区进行了地毯式的侦察，那天拉瑟尔上校与几名军官来到了一个坐落在大山深处的蒙塔格纳德人的村庄，一个瘦骨嶙峋的老人从村子的长形房屋里走了出来，他身穿一件破烂不堪的陈旧的法国陆军军服上装，手指抚摩着黄铜军扣，得意地挥舞着一面小小的法国三色旗，满以为他年轻时代的同志们回来了，真不知道该怎样说些现在的形势包括解释他们的国籍，才能让这位法军老兵满意。

随行的军医对生病和受伤的蒙塔格纳德人进行了治疗，与此同时，拉瑟尔的一名翻译官正向蒙塔格纳德人打听当地敌军的动向，但是这些原始村落中的蒙塔格纳德人却一问三不知。一位胳膊受了重伤的孩子急需救治，他的手臂很有可能是被美军直升机上发射的火力烧伤的，经过说服，孩子的父亲和孩子手脚颤抖地爬上了直升机，父亲随身带着一把木制的弩弓，腰里有一罐水，好像几分钟的工夫就把他们从 15 世纪带到了 20 世纪，总有新鲜的事情发生。

未来的几天，他们继续向南、向东搜索侦察，但敌人的影子都未见到，情况愈来愈使人丧气。

拉瑟尔说："在这场战争中没有任何事物是简单的，也许在任何战争中都没有简单的事情。"但是直觉告诉他，在看不到的地方，敌军正在盘根错节地渗透着他们的势力，战争一触即发。

北越人民军的士兵，不管年龄大小，都极爱记日记，几乎每个人身上都带着一本小笔记本，里面抄满了爱情诗、流行歌曲的抒情歌词，当然还有他们自己写的东西，小笔记本里总有一张心上人或妻子和孩子的照片，并用塑胶布包着，这是一支情感丰富的队伍。他们的军事训练从早上 6 点到晚上 9 点 15 分，军事教官负责武器的熟练操作和战术的灵活运用，以及如何打仗，而政委则每天向他们灌输他们的父辈是如何打败法国殖民主义者的，现在打败美帝国主义是他们这代人义不容辞的责任。似乎每个人的心中都铭刻了胡志明的名言："世界上没有任何比自由和独立更宝贵的东西。"

美国第一骑兵师抵达安溪后，让南方人民军的几个师长彻夜难眠，这是一支不同寻常的部队，是从美军第十一空中突击师中选调精兵强将通过大规模高强度的全装训练直升机机降突击战术的部队，与美国国父华盛顿亲手组建的美利坚开国第一师——美国陆军骑兵第一师合并而成的精英部队。

就这样，穿着旧卡车轮胎橡胶做的"胡志明"便鞋，靠两条腿行军，装备很差的越南人民军士兵将要跟美国陆军战斗力最强的第一骑兵师作战。但他们已经做了充分的准备，在第一骑兵师到来之前，他们已经转移了老百姓，准备了战斗预设阵地，挖了掩体，储备了粮食，建造了地下医院。仅仅想着打胜仗还是不够的，必须在攻击方面有重火力，如何使用炸药、进行伏击、侦察战术、布置迫击炮炮火——这是北越军最可靠的重火力，并进行了对空防御训练，用自动武器对飞机飞行线路前方区提前实施齐射，使直升机或其他飞行器飞进一道子弹火网。

拉瑟尔的高足弗希里留在了美军司令部，战地记者约翰留在了清化，好像这是一个让人孤独的地方，许多时候陌生的人比陌生的地方更令人感觉空无，在心智愈燃愈旺的灵魂里，确实有比智慧更强大的东西，那是爱，对浮西努或是对苏珊娜的，而模糊与混沌终究是起始，不是终结。

几天后的一个早晨，情报参谋送来资料，是一份截获的用中国方言加密的电文。

然后军参在地图上从波来梅到朱邦山脚画了一条直线。

“由此可以知道，在朱邦山脚下至少潜伏着北越军队的一个团部。”拉瑟尔上校很肯定地说，“这里一直很安静，而我却感觉敌军正在某个暗处注视着我们的一举一动，一切看上去都没问题，正说明问题很严重。”

“是的，这是我们驻安溪高地以来最有价值的情报。”

“接下来，我们必须沿波来梅到朱邦山脚勘察机降地，并且得十分谨慎，我可不想在部队还没找到安全着陆地之前就仓促投入战争。”

在越南战争上所有的日子都是一样的，或者既热又湿，或者既热又干，而且总是杀机四伏。一小时后，拉瑟尔给休伊机组人员下达命令。十六架休伊直升机首先起飞，拉瑟尔上校从敞开的舱门望出去，宽阔而略有起伏的平原，点缀着七零八落高大的树木，四周散落着蒙塔格纳德人的庄稼地，几条蜿蜒曲折的小溪和干涸的河床缠绕其间。飞越十公里之后，飞机降低了高度，所有直升机紧擦着树冠以一百八十迈的速度低飞，一百零五毫米榴弹炮对准着绿色的丛林和人迹罕至的河流，这儿看上去风光旖旎，一点儿不像是在打仗。

在离机降区还有两分钟航程的时候，机降区周围弹片横飞，尘土飞扬，空中突击手用火箭炮和机枪猛烈射击空地周围，以确保着陆安全。很快，四梯队十六架直升机顺利降落在空地上。

在朱邦山脚实施大胆的直升机突击，本来的意图是为了找到敌人，但不久后，上校显然达到了目的，但是结果超出了想象，敌人找到了，却多过了头儿。休伊直升机上的通信员向营地下达命令，命令很简单：进攻！

很快，拉瑟尔上校与参谋长找到了四个机降地，侦察飞行一切顺利，没有遭到防空火力攻击，事实上树丛里到处都是越军，他们隐蔽得很好。第一批直升机返回的时候，拉瑟尔上校敦促各连连长必须命令每个步枪手携带至少三百发子弹作为基础弹药量，只要体力足够，多多益善。每个榴弹手应该至少携带三十六颗小榴弹,战场上多带一发子弹就多一分生存的机会。同时上校还提醒等着飞往机降区的后续部队的指挥官，必须一刻不停地监听指挥无线电通信网，随时了解先头作战部队行动的即时进展情况，绝不能在抵达战场时对作战区的情况还一无所知。

很快在其中一个机降地周围发现了一条电话线，就这样，拉瑟尔把它定为第一攻击机降区，而其他三个地方作为备用机降区。很快，上校向集中在那里的各连连长、飞行员、参谋班子发布了突袭令：“搜索并歼灭敌军。”与此同时，在其他三个机降地，炮兵各实施炮击八分钟，用于分散敌军的注意力，然后对主战区实施二十分钟炮火准备，武装直升机从空中发射火箭弹对机降区实行大扫除，再用六管加特林机枪从高空火力扫射三十秒钟。上校指派两名少校负责营后方指挥所、军需补给站，医疗急救站前移至机降区，与此同时两个榴弹炮连进入阵地。

拉瑟尔做战前训话。

“我不能保证你们每个人都活着回来，但是无论死亡还是活着，我们都会一起回家。我可以向你们保证，我将第一个踏入战场，最后一个离开战场。最后奉劝大家，不要被敌人的鬼把戏迷惑，不要暴露在旷野里，不要因受伤同伴的哀号乱了阵脚。现在全体出发！”

上午 11 点整，全副武装的美军士兵待滑橇式起落架一着地，便像饺子似的纷纷跳下机舱，“兄弟们一起上。”他们一边用步枪狂扫，一边朝树林奔去。这个时候，浮西努正在火奴鲁鲁岛金色的阳光中为爱丽丝讲挑起特洛伊战争的厄里斯女神。

“妈妈，什么是战争？”

“战争是让人束手无策的黑夜，有许多双眼睛看着他们，唯独他们自己看不见。”

“那为什么不点灯？”

“盲人不需要点灯。”

战争进展迅速，许多敌军正在下山，看上去他们并不匆忙，排成一纵队前进，有些士兵还把枪扛在肩上，似乎还没有作战准备，骑兵师的将士扣动扳机向他们开了火，当敌军回过神儿来的时候，密集的火力像暴雨一样还击过来，他们才感觉到敌军的规模。上校示意，把士兵们聚拢，控制有利地形，结成防御阵地，以便有效还击敌军。

没几分钟的工夫，北越军仿佛是从地下钻出来的，到处都是，他们穿着卡其布军装，头戴便帽，以一条林间小路为主轴线，两边都是横飞的子弹。美军被强烈的火力压得抬不起头来，只得全部卧倒在地，四周都是激战声，枪声越来越大，并夹杂着手榴弹爆炸声。戴尼夫应该是第一个受伤的美军，他的颈部和下颌两处都中了弹，鲜血淋漓，他提着自己的枪，居然站了起来，他被打蒙了，问同伴该往哪儿去，后被战友一胳膊撂倒在地，“躺下来，别动！”

情势全乱了，北越军已渗透到机降地的四周，把美军空降兵全部包围了进去。军医从掩护处站起来跑向前去，他开始包扎伤员，包扎了几位伤员以后，他用自己的身体挡着伤员，以防密集的子弹再打伤伤员，这样令人惊叹的救护行动持续了不到五分钟，他受了致命的重伤倒下了。

在枪声突然稀疏下来的间歇，有个士兵起身跪了起来，他刚抬起身子，胸膛就中了一枪，在紧挨着拉瑟尔上校两米远的地方倒下，子弹穿过人体，发出像石子扔进了泥浆地的声音。而直升机上的火枪手瞪着眼不能保护自己的弟兄，只要他们一开火必定会误伤自己人，地面部队的几次突围都被极其猛烈的火力击退，拉瑟尔被迫下令。

“撤吧！”

“我们已经尝试了不同的战术，火力太猛了。”

“机枪手围起一道火力网，士兵向第二机降地撤退。”拉瑟尔上校命令道。

萨威参谋军士和赫尔克中尉以及几名步枪手架起一排步枪进行射击，枪声震天，步枪手“印第安酋长”（战友这样称呼他）第一个被打死，他最后说的话是“那些杂种想干掉我”。他身边的人看到他中弹后在地上翻滚，战友们把他抬回来的时候，他的脸仰面朝天，睁着眼睛，简直就像在思考问题，我们的“酋长”牺牲了。詹姆士是另一个机枪手，他占据了一块稍高的地方，弟兄们从他身后径直撤退，他在阵亡之前痛快淋漓地消灭了不少敌人。

最初突围出来的两个班在机降地会合，班长清点人数的时候，知道了他们的榴弹手军士永远离开了他们，军士在战场某个地方中弹身亡，他带着 M79 型榴弹发射器和一架 M16 机枪，现在敌军正用这架 M16 机枪中最后一条弹链在疯狂扫射。留守的步枪手每个人至少击毙了十五个敌军，他们正在全力把敌军挡在包围圈之外。但是敌人很多，北越军视死如归，像潮水一样蜂拥而来。机枪手罗迪一边咒骂一边扫射，他骂人是有名的。敌军向他扔了手榴弹，他与身边的其他三位步枪手一齐被震飞了起来，眨眼间，都阵亡了。到处都是死亡和毁灭。

“我的脸中弹了。”中士安德森在撤退时大叫了起来。确实如此，白磷燃烧弹在他的脸上炙起青烟，他捂住伤口，大喊大叫，这种白磷燃烧弹水也浇不灭，必须等它自己烧完，中尉把他推倒在地，用军刀剜去他脸上的白磷碎片。

与此同时，第二机降地增援部队从外围包抄东面两百余名敌军，双方的士兵一个接一个倒了下去，他们都是些不怕死的勇士。军医一次次地去抢救伤员，年轻的士兵对军医这样说："如果非死不可的话，我乐意为国捐躯。"这是他留在世上的最后一句话。当军医匍匐到另一位受伤士兵的身边时，他正举着血淋淋的手，看着一张照片，他认为自己快死了，临终前想看一看他与家人的合影。

现在，空中火力开始向地面火线的外侧进行空中支援，从不同的角度望去，到处都是火海，榴弹炮、火箭弹、凝固汽油弹，一百一十公斤和二百二十公斤重磅炸弹的爆炸声不绝于耳，轰炸机扔光了炸弹后，用口径为二十毫米的机炮向丛林猛烈扫射，撤退中的美军庆幸不必全靠自己手中的轻武器去消灭这些勇敢的对手。

观测员和话报员都已经阵亡，在短暂的间歇，步枪手赫尔克中尉回过头来，看见拉瑟尔上校仍然没有撤退。

"上校，我们怎么办？"

"还有白磷炮弹吗？"

"有！"

"那我们一起撤退。"

白磷炮弹爆炸时放出耀眼的白色浓烟，同时喷射出磷片，这种白磷碎片遇到空气会自行燃烧，沾到人身上无论如何都打不熄。这炮弹太可怕了。但最后一批撤退的战士都记住了它爆炸时把空中照得有多么漂亮，在最需要的时刻它给他们带来了优势。这确实有效地阻挡了北越军前进的步伐，敌人的火力迅速停了下来，掩护的步枪手立即着手抬起伤亡人员，并有效地撤退，整个撤退过程中没有一个人受伤。

冲出包围圈以后，战争并没有结束。放弃了第一机降地，源源不断的空中突击师正在其他三个备用机降区增援集合，从更广阔的外围形成一个环形防线。黄昏将是短暂的。由于浓烟笼罩，战火扬起的尘土窒息着这片谷地，环形防线并没有发起进攻，因为空中骑兵师正将榴弹炮火和机枪火力一起投向刚才的战场。

但是聪明的北越军立即疏散到四周的密林和地下掩体中，战场指挥官阮友安中校传令下去："强敌未展，其强犹弱也！立即分成小组，切入美军中腹，胁持他们作为人质，四面八方攻打他们的队伍，只有近战肉搏，我们才能避开他们的空中突袭。"

作战指挥官有三个影响战斗进程的手段：火力支援控制现场（现在空中突击队的火力正像山洪一样从高处倾泻），亲临战场现场指挥，以及使用增援力量最后一搏，现在拉瑟尔上校正在找寻另外一种力量。

"把迫击炮组织起来。"

"上校，到处尘土飞扬，形势混乱，树林杂草丛生，我们没有位置较高的观测点，不可能有效地试射。"

而此刻，在他们眼前发生了一桩令人难以置信的慢动作般的事件，所有美军士兵都被吓呆了。这景象会让所有人一辈子都记住，两架美军支援战机狂啸而来，机头瞄准了他们，第一架战机瞬间投下了两枚六英尺长的闪亮的凝固汽油弹，朝美军环形防御阵地砸了下来。

这凝固汽油弹从释放到落到地面爆炸只不过四秒到五秒钟，却比一生都漫长。两枚凝固汽油弹首尾相接投在最南边的高草丛中，还没有明白过来是怎么回事的美军士兵顿时被凝固汽油弹烧得“手舞足蹈”。这周围的每样东西都着了火，士兵们浑身被烧黑了，一切都进入了慢动作，比噩梦还沉。上校放开喉咙向空中管制狄龙叫嚣，狄龙声嘶力竭地喊道：“拉起来！拉起来，赶紧拉起来！”第二架战机立即上升。凝固汽油弹的高温可以烧穿钢板，被瞬间烧死的一些美军士兵都成了一截黑炭。在大火慢慢熄灭之际，许多士兵跑进了燃烧的草丛，拖出了两名幸存的伤员，他们的头发、衣服都被烧光了，当把他们的军靴脱下来的时候，连皮带肉扯至白骨。军医在迅速给他们注射吗啡，但仍未缓解他们的疼痛，他们伤得太厉害了，抬到机降空地的时候，那撕心裂肺的惨叫声仿佛刺穿了每个人的心脏。

“狄龙，不要把那架飞机放在心上了，继续让它们飞来支援我们，这是打仗。”拉瑟尔上校低沉而有力的声音，让空管中尉狄龙永世也不会忘记。

两个小时以后，战斗终于停息了下来，天已经成了灰色，战争结束就像开始一样快，被击毙的敌军和牺牲的战友三三两两堆在一起，仿佛再没有什么界线了，北越军都进入了秘密掩体，美军开始撤退。突击预备连被分派了最可怖的任务，搬运尸体，收集武器。到处都是尸体和碎尸块，北越军似乎不怕死，他们的尸体堆得到处都是，为了便于治疗，他们的头发都被剃光了。仍有北越潜伏的狙击手在零星地袭击预备连。死亡的美军士兵许多都是头部和颈部中弹，不得不佩服北越军的枪法。

他们就这样在战场上寻找阵亡的兄弟，并把他们抬上直升机，有些兄弟已经认识好几年了，但现在，他们有的脸部被炸掉了，只能靠着姓名牌才能认出他们，预备连的士兵相视无语，这真不是人干的活儿。由于尸体太多，旅部派了 CH-47 支奴干运输机，现在他们全部被摞在一起，安睡在绿色橡胶雨衣里一起离开了战场。血水从尸袋里渗出，在机舱地面上一点点漫开来，并顺着打开的舱门滴落下去。

由于仍然担心有兄弟被遗漏在战场上，上校命令各连重新清点所有的伤亡人员，预备连又在之前战况最激烈的区域进行了拉网式的搜查。拉瑟尔曾立下誓言，永远不会把任何一个兄弟留在战场上，每个兄弟都必须返回故里。

“除了败仗之外，再没有比打胜仗更令人伤感的事了！”预备连的士兵们坐在柴草堆似的尸体旁自言自语般地对话。

最后一名跳上直升机的士兵，把一面美国小国旗插在一棵炸断的小树干上，但它很快就被茫茫的黑夜吞没了。

回营地后，拉瑟尔上校在一群记者中见到了约翰，一位营长正在告诉他们：“我们的许多阵亡士兵离服役期满只有几天了，但是今天他们英勇作战，壮烈牺牲了……”

连部政委正在起草报丧电报，这些电报将撕碎无数颗心，将上百个家庭拖入黑暗的深渊。

“我不介意玩笑。”拉瑟尔在他的营帐中一拳抡翻跪着的战斗机飞行员，又从地上拎起这位把凝固汽油弹投向自己军队的昏了头的中尉，“你能不介意你一辈子活在内疚中吗？”

…………

战地记者在环形的营地打转，不停地采访士兵，除此之外，他们还是敏锐而严肃的观察家。第二天上午被凝固汽油弹烧伤的其中一位士兵，抢救无效被宣布死亡，至此，阵亡人数已经上升至一百零二名。仅仅驻扎安溪高地十来天，已经使美国卷入这个最初看上去毫不起眼的军事行动的代价急剧上升了，从军事上、政治上和外交上来看，越南战争像是一场重新吹开场哨的全新球赛，华盛顿和河内不得不迅速做出新的决策，因为战场上已经血流成河了。

几天后的早晨，浮西努从卡洛手中接过早上的报纸，头版就是战地记者约翰报道的越南安溪之战。

> 这是非常血腥和残酷的一战。显然我们在这场较量中算是碰到了勇敢、顽强而坚韧不拔的敌人，然而美军的火力、纪律、胆略和必胜的决心让我们最终赢得了这次战争。但我们并没有一劳永逸地打败敌人，我们的胜利也并不是结束这场战争的胜利，只是一场前途未卜的胜利。但每一个上战场的将士都冲锋陷阵，履行了自己神圣的职责……

最后一段是拉瑟尔上校说的一句话："我为弟兄们的英勇感到自豪，为我们的损失感到悲痛，也为我仍然活着感到内疚。"

而拉瑟尔上校的办公桌上放着一个小小的红本子，这是一名美军士兵从一名死亡的北越军士兵身边捡来的日记本，翻译官已经把里面的文字翻译了。

我亲爱的、亲爱的妻子：

当我们的部队胜利归来的时候，如果你没有看到我的身影，就请为我骄傲吧！看看我们那自豪的旗帜吧，你将会在那里看见我，我们为独立与自由而战，我们为伟大的祖国而战……

"我们面对着顽强的敌人，我们的日子将会很难过。"约翰这样对上校说。

将士们每经历一次实战，心灵的创伤总需要一段时间才能愈合，现在，这些战士要么失神无语，要么就在那儿无休无止地说着当时的情况。

"差点儿让我死在了那儿！正当危急关头，该死的M60机枪卡住了，当时我正受到敌人猛烈的强攻，可以看见二十五米外的敌人，要命的时候，思维和行动快捷得会让你感到惊讶，我趴在地上，打开机枪弹盖，往地上那么一砸，几个弹壳喀地全蹦出来了，我立即转枪翻身对敌阵狂扫，排除这故障差不多花了我一生的时间。老天，现在想来还那么后怕。”

“火力渐渐小下来的那阵子，我从土垒边上滑下来，回转身看到了亚当斯，他一动不动地趴在地上，钢盔上有一个子弹洞，我伸手过去把钢盔转过来看看，却看到他的脑浆似乎全流到了我面前的地上，我吓呆了！唉，这就是真正的战场，我一遍遍地喊军医快来，同时竭力安慰亚当斯，他就瞪着眼睛看着我，他没死，嘴唇还在动。我告诉他问题不大，很快会好的，我真希望我说的一切都是真的，我还告诉他，直升机很快会把他送出去的，他在那儿躺了有二十多分钟，我看到正前方有更多的敌人在行动，我又开始射击。后来军医到我这里包扎亚当斯的头部，把他拖到了后方空地，我用机枪为他们掩护，我对他说‘撑下去兄弟’,但他没答应我。我还没下战场,他就死了。我是他的副手，他到哪儿，我就到哪儿，那天有好长时间我左边一个人也没有，孤单得要命。”

“我们面对的是北越正规军，他们的战斗素质很好，不但凶猛机智而且意志坚定顽强,把我们消灭的决心让他们牙痒痒，但是，北越人民军阮友安部队与美军第一骑兵师拉瑟尔的部队有一个重大的区别——我们有强大的空中火力支援，而他们没有。”

塞林特军士回忆道：“那天空降时，机械师高声叫道，‘我们即将进入一个战斗激烈的机降区，而且会在那儿悬停，你们必须迅速跳下飞机，然后朝北边跑’。我在空中看到几个穿着卡其布的士兵，心想，‘情况真令人绝望啊！我们居然把休假刚回来的士兵匆忙送进战场了，连让他们换上作战服的时间都不给’。在我解开座位安全带的空当儿，我感到一颗子弹擦了一下我的颈部,就像一颗果核贴着我的皮肤飞过。我转头一看，看到机械师头部中弹，他的身子朝前倾倒下来，这时我才注意到阳光下卡其布战士们的几十支枪管闪着亮光对准了我们，我的天,他们原来是敌人！”战场上有些东西你是永远忘不掉的，这其中永远包括你的朋友的死亡。

第三辑　真相是第一个牺牲品

也谈战争

——越南散记

2010年应约创作美国越战的长篇小说，这是一项艰巨的任务，我内心是胆怯的，出于对题材的尊重，唯恐自己力不从心。有段时间我着迷于美国的政治经济、历史文化，以及感兴趣于一个比现代文明危机更深层的文化河床——向蛮荒宣战的筚路蓝缕的历程。美国认为这是上帝选民的一项使命，而如此的“美国式自我”则成为一个先知预言的普世蓝图的化身。

我在小说中加入了主人公在得克萨斯州考古，并挑战了已被广泛认可和接受的关于人类大陆迁移是从亚洲穿过白令海峡大陆桥到达北美洲的学说。这是有寓意的。他们对如何走到今天这步不感兴趣，既乐观又自信的他们只想每一代每一日都重新起步向前走。以这样的思想背景去观照美国的传统，必须脱开中国人“慎终追远”“毋数典忘祖”的历史思想习惯，才能把握美国式思维，才能更好地理解这场战争的一切偶然与必然。

1964年1月，威斯特摩兰将军初到越南，他乘坐的民航飞机还未降落，他就对这个热带国家的美丽景色着了迷，当他驱车进入西贡，南越首都混合着法国人留下的那种巴黎气氛更使他陶醉。他先去拜访了即将离任的哈金斯将军，希望从他的前任那里得到一些启示，然而在冗长而例行公事的交谈之后，哈金斯意味深长地引用了英国诗人吉普林的名句，把它留给了威斯特摩兰将军："战斗的尽头是白色的墓碑，把新逝者的名字刻上，还有那阴沉的铭文，这里躺着一个傻瓜，他曾想夺取东方。"威斯特摩兰，这位生性好斗的四星上将，三十岁就荣升上校，后来成为西点军校最年轻的校长，这一切都预示着他的前途不可限量。他精力充沛、冷酷无情、关键时刻不手软，然而，越南战争却成了他一生的分水岭。

当他看到大批战斗机和轰炸机着陆、起飞，像山一般的巨大运输机卸下房子大小的重型武器，他自信地想：这场战争怎么可能打不赢呢？后来他才顿悟："这不是一场战争，是一场疾病，是一场瘟疫。"他们在越战中注定是要失败的，也应验了越南的一句老话："铁砧的寿命比锤子长。"美国著名作家桑塔格在越南访问轰炸密集的乡村时，发现农民们有一个很普遍的做法：每天去稻田时都扛上棺材，如果有人死去，他就被马上掩埋，其他人可以继续劳作。这样的国民，美国人要使之屈服，可能吗？这是东西方历史文化的巨大差异。

除此之外，若是我说，谁也没有天赋的权力用自己的理想或选择去塑造任何其他国家，那么这句话就说得太早了，直到1975年战争结束，我仍将发愁如何觅得一柄穿地长锤凿它个万丈深渊，好将十二年血战，五万八千名战死美军，一百万越军忠骨，以及所有失去至爱亲朋的悲恸埋进深谷。即使如此，也不等于就能埋掉那些长期萦绕于几代人心灵的越战幽灵。

真正的血战之殇。整个战争结束后，“我们并没有能够改变你们，你们也没有能够改变我们”。

2010年夏天，我来到越南，同行的还有资深旅行家樱桃和她的丈夫罗格，罗格是《世界地理》杂志的特约摄影师，他们一年中有三分之一的时间在世界各地旅行，而我是为了找寻那场战争的蛛丝马迹来的，并且相信我不可能找到任何东西，我要的只是让阳光斜穿过丛林，打在我身上，或者看一场雨无休无止，我就是林中的飞鸟或者一枚子弹，穿过时空让故事复活或者让某些思想伏毙，这是我来之前的愿望。

卡夫卡说过：“作家的使命是把孤独的和必死的一切引向无限的生活，把偶然的东西变成合乎规律的东西。他的使命是带来预言性。”

一切都是短暂的、偶然的，但是永恒的规律却让人们记住绝对的本质——精神的苏醒，这是世间最可贵的东西。历史不会重演，但历史进程中某些现象会重现，而且往往有着惊人的相似之处，能否预见到某些历史事件的可能再现，就看你能否捕捉到那寓于无数偶尔现象中必然的东西。

8月黄昏的热带丛林，树影如人影，群山如坟场，风袭来，又远走，如此反复，万籁俱寂。我们住地不远处曾是法军和美军的战场，连片的三叶草泛起涟漪，像一场关掉声音的电影——寂静——更深的寂静；更像一口石棺，时值深宵，哀悼者远去，泥土掩埋在身上。现在这儿除了寂静和风什么都没有，在战争结束之后，只有它们还会长留此地。

让我着迷的永远不是战争本身，而是产生结果的原因。美国国防部前任部长麦克纳马拉在越战期间不下十次料定了这场悲剧之战，他说："战争产生它们自己的动力，并且遵循战争结果不可预料的规律。"拉塞尔议员曾在约翰逊总统上台两周后便去劝说"撤出越南"，并且搬出曾经他们俩在 1954 年劝说艾森豪威尔总统不要向在越南作战的法军提供军事援助的事，他曾经这样说过："如果我们进入那儿的话，五十年之内别想出来。"

战争伊始，武元甲将军说："为了打赢这场战争，敌人不得不旷日持久地熬下去，但是在另一方面，敌人并不具备打一场持久战的心理准备和政治手段。"而被充分激起的意气风发的约翰逊总统是这样看待这场战争的："现在这场战争是美国的战争了，而美国从来没有打过败仗，只是在朝鲜和中国打了个平手儿。"战争越深入持久，他们越深刻地认识到："北越敌人很了不起，他们对自己的任务从来矢志不移，他们跟法国人打了几十年的仗，不在乎再跟我们干上几十年。"

不久后在美国军事报告中，他们是这样形容他们的对手的："他们师从中国军人，纪律严明，英勇无比，视死如归，顽强得几近疯狂，进攻时，北越军士兵像潮水一样涌来，自从朝鲜战争以来，美军没有见过这种情景……"

空中突击师炸出了满目疮痍，也炸毁了他们自己的信仰。

老式 B-29、B-59 型轰炸机夜以继日将多达百万吨的炸弹扔在北越的公路上，第二天早晨你就会发现他们又可以在上面通过了……尽管我们拥有绝对的制空权和制海权，但实际上我们从未有效切断过他们的全部交通线，航空兵皮特·希拉里把轰炸效果描述为“将垃圾从路北边儿挪到了路南边儿。第二天，我们再把这点儿垃圾从路南边儿挪到路北边儿”。

《纽约时报》记者尼尔曾就美军空袭和炮火轰炸伤及平民之事采访过威斯特摩兰将军，这位谦恭有礼的将领是这样说的：“尼尔，这（指误伤平民）是个问题，但是这也确实从民众中剪除了敌人，不是吗？”

大批的新兵搭乘着二战的老旧运输舰，驶来这个遥远的国度，他们年轻、自信、热爱祖国，他们大多是两年期的义务役士兵，能够这样为祖国效劳内心十分骄傲，只要上头一声令下，他们就像父辈在二战中、兄长们在朝鲜战场上一样英勇。肯尼迪总统在战争一开始就向全世界宣誓：“我们会不计任何代价，不怕任何负担，也不畏任何艰难地为捍卫自由而战。”而不久后他就静静地躺在家乡的阿灵顿国家公墓等着他们归去。

当这些将士们脱下军装回到魂牵梦萦的故乡时，他们也成了一群茫然无依、备受指责的陌生人，因为当他们在敌人的交叉火网下匍匐前进，在酷热的丛林里奋战拼命时，国内激进的反战人士已经带领民众像憎恨战争般开始憎恨起他们来了。

幸运地从战场上活着回去的人，除了因疾病、伤痛而失眠失神外，只留下一张张泛黄的照片和一大木箱装着绶带和勋章的可资追忆与感伤的东西。国内的同胞还会怀疑他们是否还有健全人的心智以适应正常人的生活——这就是战争的残酷。

柏拉图说只有死者看到过战争的终结。是的，活着的人看到的只是被岁月遗忘的创伤，以及被轻描淡写的历史。痛苦将退回到一垛矮墙和一块小尖碑的后面，还有一小部分至亲的灵魂与生命里。

到了后来，美国扩大越南战争的决策已不是一种过于自信的武断行为，而是为了挽回错误的越南政策所造成的巨大损失而只好在非常不利的豪赌中孤注一掷。

越南正像一个巨大的沼泽地，给了世界一流的军事强国深陷其中、欲罢不能的痛楚。所有眼前的牺牲没有任何意义、毫无用处。这世上最可怕的不是受苦，不是牺牲，而是白白受苦、白白牺牲。

拉瑟尔上校曾说："战争把一切都打乱了，而我的使命是要解开迷雾与过错的绳结，我坚决反对那种没有智慧无所企求的生存状态。我们一直在黑暗中，这条路很漫长，因为暴力的根源在人的内心。我们像是在寻找自己和世界的和谐，但事实上越接近事物的本质，我们越加迷茫，仿佛正在经历着不能完全控制的变化。"

是的，一切比迷雾更难以揣摩，不过历史本来就是由无数的阴谋策动着，它像马车上的贵妇人，正一刻不停地奔向她那足智多谋的情人那儿。当一些人一心责备人生苦短时，神圣的念想将赐予“无所不在”“无所不能”的本领。世间有一些罪是美丽的石子，神的庙堂正是由它们砌成。

对于这漫长而残酷的战争来说，所有文字都是轻薄的。

如果仅仅是着力描写越战的惨烈和残酷，那么充其量不过是在累牍的越战小说中徒增一本可有可无的作品罢了。在倾颓的焦土之上，世界现出了它的创伤与皱纹，它一下子老了，并且关心起道德，追问着为什么不能在时间之河中逆行，把我爱过的、非常想过的一种生活还给这个世界。

人心中有许多情感足以战胜死亡——战场上的仇忾压倒死亡，相爱者的忠诚战胜死亡，自由的荣耀蔑视死亡。我说过我会对人们在危急时刻如何表现问题真正感兴趣。

我认为，“故事可以拯救我们”。这就好像修昔底德从宏大的政治和战略一下子转到对战争常见效果的冷静的剖析上。我知道，有些陈旧的理论长时间纠缠着我们的灵魂，是因为我们被束缚得太久，都不想走出这牢笼了，虽然我们生活的仍是不宽容的时代，但自由的思想可以教会人怎么去宽容。

没有必须满足的形式要求，只有把有限引向无限的哲学使命。20世纪西方文学的一个重要特征，就是哲学成分明显加重。所有艺术感强烈的文学家，全部的努力就是把他们对这个世界的感受，那种刻骨铭心的独特感受艺术地描述出来，传播某种不能言传的东西，解释某种难以解释的事情。从某种意义上说，文学作品就是哲学意念的形象化。

作者不是哲学家，她只是用一个永远结束不了的世界，永远使我们处于悬念中的事情的不可克服的间断性来对抗现实的异化。她既不模拟世界，也不解释世界，而是力求以足够的丰富性来重新创造它。她要做的就是抓住战争跳动的旋律和令人窒息的危险,表述战争的惯性的恐怖感受和作战的超现实主义，冲击思维惯性和精神惰性,启示我们用另一种眼光来审视世界。

许多艺术家一生都在探究 :“什么样的形式与风格才适宜这个时代? ”并且理智地使用“间离法”，摈弃环环相扣的以戏剧化情节唤起的“恐惧与悲悯，巧妙地设计作品与读者之间的距离，认为距离可以使读者拥有思考的能力和批判的眼光，目的是让作者介入。但是经过这样的苦心孤诣，艺术也由此生分起来。倒是非英雄化的描述，没有眼泪，没有笑容，只是在越南这个陌生的世界里‘发愣、胡思乱想……’”。这种折射的方法是通过奇特的触觉实现的，强烈的情感融汇于迷离的幻象中，才产生了艺术的魅力。

三天后，我们飞抵越南西贡。飞过肥沃得冒油、温暖得发酵的山谷，看到一切的生命正在吱吱地孕育着，甚至可以听到草木汁液的奔流声，这是一年中最好的季节，四处都弥漫着宁和的气氛。很难想象这儿曾经是战场，空气在早上和晚上都清新凉爽，只是到了正午，有些重浊沉滞，还有一些沉重的气息压在人们心头。但日头明晃晃，这光亮让人思维敏捷，深刻专注。我们一路向南，从西贡出来时，我坐在吉普车的后排。早在法国占领时期这地区就曾经历过战争，而现在，黄蜂正在一大簇虞美人花堆上嗡嗡作响，声音响过了远处闷声的隐雷。沿屋檐修筑着一条排水沟，雨季时雨水就可以顺着那条沟排入很宽阔而平缓的一条溪流，现在潮湿的水沟里长满了菌类和三叶草。溪流中一些喜欢冒险的孩子正套着椰壳和棕榈叶制作的游泳圈游过，遇到漩涡，孩子们就尖声大叫。

生命随处油然勃发，战争从来不曾改变什么。

向导带我们走进一幢法式的别墅，这儿曾是美国中情局在越南军事援助司令部的驻地，别墅的主人是一名法国医生，但已过世。一进别墅，是一间天花板很高的书房，角落的书柜里整齐地放着《人类学》杂志，百叶窗是关上的，门厅外斜斜照进来的日光正落在书柜上。屋子里有霉味儿,还有药水的味道。医生去世后，这屋子里的东西一直没有动过，所有的一切都在等待。里屋是一间间的办公室，有些杂乱，背阴的一角放着许多坛子。“这儿有许多动物标本，虎骨、象骨粉、鹿角粉，还有毒蛇标本。”向导说。事实上房间还算雅致。墙上有漆木的画，画着的是静谧的景色，虽然油漆斑驳，但仍可以看到生长在渺无人烟的世界里那些锯齿般的椰树叶。屋子里还摆放着细碎的却很引人注目的花。窗户半开着，屋外有大片的稻田和棕榈树以及开白花的鸡蛋花树，再远处就是深绿色茂密的森林……一派田园风光。

屋子朝南，沐着带着蛰气的腥风和暖阳。我们从旅途劳累的恍惚中缓过来，更远方的那场战争几乎一样不知所云、模棱两可，我们什么都想做，末了什么也没做。

但只要心思稍稍沉淀一下，屋子里的每一件家具、每一个小饰物，都开口说了话，尖刻地宣布着曾经不幸的新细节。

晚餐是牛肉粉、绿色蔬菜和蒸饭，房间里有旧的红木家具和藤制家具，窗外的一切赏心悦目，这的确是一个美丽的国家，虽然没有华盛顿的富庶，但却像贝利柯写过的一句话，“你的水不能解我的渴”，干渴的精灵说，“然而这是整个迪亚——巴克尔最清凉的一口井呀”。

到了晚上，昆虫高声鸣叫着，飞蛾在往灯上扑。两个小时前，我们坐在阳台上看着黄昏，满心嫉妒每一种生灵——鸟儿、虫子、花朵、爬行动物、树，还有藤蔓——它们不必承受因知晓善恶之别而带来的负担。

半夜，我被雷雨惊醒。

雨点像被什么追赶着，接二连三拍打着窗户，雷雨之外好像有别的声响。楼下的溪流奔腾得更快，发出哗哗的喧响，空气格外清新。惊雷炸开天空的时候，我看到一株株有些恐怖的树影，1965 年某个黄昏，在五角大楼门前自焚的贵格会教徒莫里森在火焰中极度扭曲的身影就是这样。

雨有些歇斯底里。

去年的盛夏是在华盛顿乡下度过的，那夏天有蝉和乌鸫的聒噪，还有紫苜蓿飘来的阵阵馨香，我曾和朋友讨论三十公里以外一千磅炸弹的爆炸声，朋友说，那声音会像腐败闷燃的木炭发出的断裂声，然后大家都笑了起来。

黑夜藏着不被人知的一切，我们并不能看见。

雨季已经来了，雨很大。一下雨，蜥蜴就会顺着山墙爬进屋子里。

但没过多久，雨渐渐小了，溪流闹腾得更厉害。偶尔还有雷电从游移的云层中闪出，恍如白昼，甚至看得见雨水正从高大的猩猩木树上倏地流下来。

所有的战争，从开始到结束，都是思维与惯性在作战。也许在某一张桌上，某几个人签下了一份文件，于是，漫长的战争就开始了，以往一直受到全世界蔑视和痛恨的东西，便成了最高的目标。

那些年轻的孩子们，是的，他们很年轻，有父母，或者有新婚的妻子，有年幼的孩子，就这样隔着一条火线，他们向我们射击，我们向他们开枪，他们看到的只是彼此的武器——榴弹、M16、AK57，但事实上，他们和我们有太多共同的东西，一样是穷苦人，他们的母亲和我们的母亲一样在担惊受怕，他们和我们同样怕死，也会同样死去，会有同样的痛苦。他们应该成为兄弟，而不是敌人。

也许，战争就像热病，本来没有谁想要，可是一下子它就来了。

远方的天空安静了下来，战争结束已经几十年了，星星又接二连三地出现了，像什么事也没有发生过，若无其事得让人惆怅，就像有时候我们也无法理解自己。

寂静在延伸。

一连下了几天的大雨，罗格说，大雨会把红土冲成液状，埋下去的棺材会从地下回到地上来。有时候一场大雨甚至会把棺木冲进河里，他说他亲眼看见过，附近运河里上涨的水漫过堤岸，钻进荒芜的墓地，使尸体从棺木中浮出，然后尸体就顺着孝河而下，一直会漂到很远，可能最后会漂进中国的南海。

凉风吹走了夜里的小飞虫，空气带着丝丝的甜，仿佛战争一并沉落并淹没，一去不复返，不再啮噬灵魂。

他们房间里的收音机正播放着地方音乐。每一天都是既宁静又喧闹，战争早已结束，有关的记忆就像一块块石头沉到了所有人的心底。战争毕竟是战争，你不能想那么多。

但战争的幽灵无处不在，它们会在某个时间出现，无端地闯入每一个醒着和睡着了的灵魂。

向导说，士兵用餐速度都很快，他们会以最快的速度把豌豆汤和牛肉饼倒进胃里，因为他们不知道接下去的行动自己是否还能活着回来，他们也讨论一些关于中弹的情形，最后一致认为空着肚子中弹会比吃饱肚子中弹更危险。在死亡边缘生活过的人，都有这样一种真切的感受，那就是，生活已经成了一条极为简单的路线，它只局限于最迫切的事物上，其他的事情都在梦幻里沉睡着，变得特别蒙昧。从另一个角度说，他们就这样被拯救了，若是他们时刻保持着清醒和那么多想法，他们早就发疯了。

无论匍匐在炽热的高草丛中，还是低头行进在湿滑的烂泥地里——生活就这样只为继续生存服务，只能这样去适应，再无其他选择，如若不然，他们将会消耗更多的能量，这就是拯救自己的唯一方式。

生活就这样受着暗里的死亡的威胁而变得麻木不仁，这倒也未必是一桩坏事，至少在恐惧面前也不至于崩溃。生命就是一束小小的火苗，仅靠单薄的意志和生的愿望以及一小撮儿运气在凑合着抵挡死亡的风暴，火苗就这样不停地闪烁摇曳，每一天，每一小时，每一个死去的战友和每枚炸弹都在呼呼地吹着那火苗。

夜已经很深，互不相关的万物披上了同一件肃穆的衣服。战地废墟上漫着青苔与野藤，一些巨大的石柱，与岁月鏖战后，倒卧在地。这世上多少庞大而令人敬畏的东西，到头来都化成了尘埃，而区区草芥却生长旺盛，留存天地间。

当旋风转起沙尘，当浓雾遮挡群山，我们在看不见的东西面前认领了我们自己。

得州牛仔和他的60年代

我们认为是假的东西，是我们真正害怕的；

因为最坏的事情总是最接近真实。

——拜伦《拉莱》第一节

一

1965年冬天，约翰逊总统在他的得克萨斯农场品尝纯正的葡萄酒，右手很惬意地戏弄着狗发亮的丝绸般的皮毛，透过玻璃酒杯，他看着阳光下自己近乎透明的手指，非常敬业地想起了尤利西斯·辛普森·格兰特将军说过的一句话："在我看来，历史上没有无法避免的战争。"

有一分钟寂然的时光，他浓黑的眉毛之间显出一道小小的皱纹，你可以说是阳光有些刺眼，也可以说这是在费力思考的一种表示。只有永不疲倦的风吹过广阔的原野，毫不费力地翻开了精于计算的国防部部长麦克纳马拉经过几个昼夜深思熟虑呈交的一份备忘录。

> 继续轰炸北越和实施第二阶段增兵计划的任何决定——会使大批美国军人死亡，有进一步使战争升级的危险，会在更大程度上牵涉美国的声誉——必须要以美国在亚洲的长期利益为依据进行考虑。

太阳躲进了云层，管家迈着卑恭的脚步，轻巧地取走了一旁的空酒杯。天空慢慢地充满了一种痛苦、疲惫的庄重感，再一阵风吹来，仿佛是从临阵的罗马大军铠甲的缝隙中钻出来，带着铁腥味儿。约翰逊总统坐了起来，用手捂住了鼻子，然后他看到了一些血沾在了他的手上，之前被阳光捉弄过的瞳孔开始飘散淡淡的黑影,暗哑的天空有了深沉,几乎是悲哀的严肃性。

但很快拨云见日，阳光重新落在得克萨斯农场的任何一个角落，他心头的一小片阴影也随之散去，他开始得意于他在民众中良好的声誉。是的，要在有雄才大略、在全世界有许多簇拥者的肯尼迪总统之后做到这一点，很不容易。当然他更伟大的事业还没有真正开始，他要把美国非常穷的人也纳入美国生活的主流——他把压在备忘录下面的《时代》杂志抽出，封面上是约翰·梅纳德·凯恩斯的照片，他只瞥了一眼，就把它放了回去，他重新躺了下来，闭目养神，仿佛因凝视万物而感到双目不胜倦怠，同时他有一个可靠的经验，闭上眼睛可以让梦幻和理想获得结实的形体，清晰得如实实在在一般。

一边是国内繁荣的愿景，一边是鉴于经济过度膨胀，又要打一场战争，又要在国内实施他“伟大的社会”重要法案，是否该关小或者关闭经济的水龙头增点儿税……他看到自己在花园里散步,烦恼紧随其后寸步不离。而不安正在他的头顶盘旋，像秃鹫在尸体上空哀鸣打转。

此前，经济顾问委员会主席阿克利先生就对预计年度一百亿的军费开支大为不安，并且认为，事情相当紧急，总统必须当机立断敦促国会通过增税法案，否则就要坐失良机，并且他相信，对战争费用的估计总会有偏差，实际开支总是要大大超过估计的数字。

“眼下，我必须向您指出，不可能在进行战争的同时，实施‘伟大的社会’方案，又避免通货膨胀……”阿克利先生的道理浅显明白，总统当然清楚。

但他认为一定有另外一条路可以达成他的计划——升级战争，实施“伟大的社会”的方案，减少通货膨胀。若只在抉择中非此即彼，便毫无成就感。

每当他费力思量的时候，最喜欢遇上得克萨斯的劲风，就像遇上老友和默契的对手一样，这让他感觉自己是一个健壮阳刚的英雄，他的确有无穷无尽的智慧与伎俩，可以把自己从那种模糊不清、莫名其妙、无法把握却能感觉得到的痛苦中解脱出来。

现在，他需要小睡片刻，但充沛的精力正在四处伸展，通达指骨的每一节。闭上眼睛感觉天空就像一面镜子，世间的一切都能照见。他的耳边出现了一些声音："这不是政治事件，这是一场错误的战争，它像一面镜子，照见了美国社会存在的根本性缺陷。"声音纷纷乱乱："美国究竟是什么样的社会，是谁用凝固汽油弹和有毒的脱叶剂回应南越的贫穷压迫，又是谁用沉默回应密西西比的贫穷与压迫？"

"一些自以为是的年轻人，一群愚氓！"

这样闲暇的时光对心急火燎的约翰逊总统来说是很难得的。还有一件令他恼怒的事——这些天一直有一些声音在他耳边一遍遍地响着："喂，喂，约翰逊，今天你又杀死了几个人？"

他一直让联邦调查局去调查、渗透并瓦解一切反战活动，并且指示中情局调查那些被指控的抗议者，以了解这些反战行动是否受到了外国势力的操纵，毫无疑问，河内非常欢迎反战情绪在美国的蔓延，但中情局报告："我们没有发现可以证明共产党操纵美国反战运动及其组织者的重要证据。"

这仗一定要打下去！

事实上我可不怕这些，遭到诋毁？总会有一些这样那样的情况。如果我为了介入发生在地球另一端的那场令人十分棘手的战争而离开了我真心喜爱的女人——伟大社会，那么我将失去家里的一切；我的全部（改革）计划；我的全部希望——为数以万计的人们提供食品，为无家可归的人们提供住所；我的全部梦想——为棕色人、黑人、残疾人和穷苦人提供教育和医疗保障。但是，我得强调：如果我离开了那场战争并且让共产主义统治南越，那么我林登·贝恩斯·约翰逊将被一代代的人视为懦夫，我的国家将被认为是姑息养奸，并且我们同样会发现，在全球的任何地方为任何人做成任何事都将不可能。

为了证实自己这一观点，约翰逊总统又灌了一杯酒。

他谨慎地寻找一条把信仰带到他灵魂的道路，因为他知道，只有把信仰清晰地展现出来，有如在阳光下闪耀的圣体一样，才能避开一切善意的敌意的表示，创造出另一种可能来。尽管这让他呼吸急促、心魂不宁，甚至让他看到了一个有着白色鬈发、身披甲胄和长长盛装的骑士头顶的金色王冠在闪闪发光，并被绑在刑柱上。

但是，这一切都将是神圣的。

总统不断地给他自己的思想煽些小火，他用《旧约》中那些朴素和富有诗意的传奇故事解释他一些离经叛道的想法，他对一些看上去无法办到的事情充满了热情，这段日子以来，他热衷于一些奇迹，从古到今，奇迹通晓着宇宙的规律和世代的秘密。此外，他还喜欢讨论伟人及英雄的故事，如拿破仑、安塔拉。他想小小冒险一下，趁所有人不注意，这事得进行得非常巧妙，像深夜从绛紫色的黎明中苏醒过来一样自然而然。

这天下午，总统在得克萨斯奥斯汀城外他的私人农场接到了国防部部长麦克纳马拉的电话，他一声不响地站了一会儿，又突然定了定神。他的心思缜密到可以钻进管家的心怀，他不停地暗示自己，我是个慷慨大方的主子，在下人看来，这就包含了一切美德。

在静下来的几分钟里，总统又把麦克纳马拉的话重新琢磨了一遍："我越来越相信，我们应该明确考虑采取其他行动，而不能把军事行动作为唯一的选择……我个人认为我们应该行动起来，增加预算，加强力量，增加军队数量，逐渐满足威斯特摩兰的要求。但我同时认为，如果单纯采取这些行动，那无异于自杀，我们应该同时——甚至提前——采取其他行动。"

"什么是其他行动？"总统搁下电话开始想他不愿想的问题，敌人的渗透越来越强，停止轰炸，公众会把此举误解成软弱的象征。"什么是最佳选择？"我们已经越陷越深。

"把我的马牵来。"约翰逊吩咐一旁的管家。

"医生不让您运动。"管家皱眉蹙额，"您的身体还没恢复。"

"阿瓦纳德先生，给它套上新马辔，我想抚摩一下它。"约翰逊用地道的得州口音说话，那种温柔很难令人相信会出现在他的声音里和脸上，"眼下有另一匹马跟它一样强壮一样漂亮，但却不在我的马厩里！"

总统相信一定有另一条路，可以把他们从困境中解脱出来，尽管现在他还不知道它在哪儿。

他跨上了马，奔跑的快意有点儿像自由的表达方式。

约翰逊给旷野自由
自由自在——
正好炫耀威风和权势
露獠牙　张螯钳
来吧！饕餮美食吧！

遵从生存原则的一切生物，来吧！

得克萨斯的劲风迎面扑来，好像主耶稣宽大的衣袖正拂去世间一切的烦恼，他想起母亲曾教他的祷文，他大声地祈祷，那些单调的无意义的词句好似立刻具有了非一般的含义，简直可以用神圣来形容。他不是怀着热忱，而是带着狂热，并陷入心醉神迷的状态，仿佛自己的意志归于了光彩夺目万能的主的意志。

在他的灵魂无限虔诚之际，他的思想却变得阴沉，眼前的云翳也越聚越多，他对自己的想法总是有着强大的信心，但他的确也明白这信心建立在权力的基础上。现在他感觉胸口有些隐痛，动过手术的胆囊牵动了他的神经，但这丝毫没有影响他做决定的勇气。

轰炸行动必须进行下去，在敌人的意志尚未被摧毁之前。

“眼下北越军正打算把我们拖入疲于应付的境地，等着我们自行消停。”约翰逊的眼睛像靶场手枪那样准，他仗着自己的野性，获得了不可思议的目力，甚至看到了一英里之外树丛最轻微的摇曳。南风用潮湿的水汽送来一阵阴郁而颤抖的晚风，约翰逊总统感觉自己的心跳在加速，并且越跳越快。不管如何久经考验，不管事先是否已经知道危险的来临，听到这般的心惊肉跳，就会明白梦想与现实、愿景与实践之间有着极大的差距。

“所有的战争都不可避免会有一些错误、悲剧和无谓的牺牲，但是这不能给部队和所有的指挥官留下失望和无意义的感觉，我得解除他们的一些束缚。”约翰逊这样想的时候，马被碎石绊倒，他牢牢地抓住了缰绳，敏捷的身手让他避免了一起坠马事件，脑袋被激灵后一片空白，像梦宫里一大片瓦砸在了他的头上。

二

几天前约翰逊收到一份情报，是武元甲的演讲稿——《巨大的胜利，伟大的任务》。

> 南方抗美救国战争是一场持久战，这场持久战打得越久，美国遇到的困难就越大，这些困难将集中表现为美国国内的分裂，特别是美国人民的反战斗争，1968 年美国大选将使美国人民更清楚约翰逊政府所犯的错误而使他遭受挫折，接下来，美国政府的战争决心将大大减弱，美国政府现正处于是继续升级还是就此止步的十字路口。

约翰逊看完这情报时，空气仿佛具象成了实体，他把它捏紧在掌心反复地搓揉，直至绞出了水。当他重新摊开湿答答的掌心，　些决心渐渐水落石出。

“这不是游戏。”此时此地，他在考虑一个不能对谁说的决定，以及这个决定最终将以怎样的面貌呈现。就像三十年前，他目睹一个人倒毙于美兰赛马场，他没有杀他，但是，在场就足以令他内疚了，他记得死者当时的面目很难看，脖子好像扭断了，下颌已经摔碎。他记得自己感受到罪责与悲伤的重负，他责备过自己，而这是应当的，因为他在场。而这以后七个月的军旅生涯，他看过更多的尸体，具有实在面目的实在尸体，当时自己太年轻，不敢看，而现在，二十多年后，留在记忆中的是面目模糊的罪责和面目模糊的悲伤。

死是令人沮丧的，每一次回忆总能给悲伤、爱、同情添加更浓的色彩。他一次又一次让自己重新感受，并告诉自己必须勇敢无畏。

这一天天还没亮，他就给他的特别助理罗斯托先生打去了电话，要他务必在中午之前来到他的得克萨斯农场，他有重要的事跟他谈。

眼下，内忧外患的约翰逊开始感受到了无处不在的战争幽灵，这种像大雾般弥漫的感受，浓重而持久，一切的事物都被它给缠绕在了一起，旧的规则不再有约束力，新的真理不再真实，秩序和混乱交织在一起，法律变成专制，文明变成野蛮……浓雾把自己吞没，分辨不出方向，不知道何去何从，唯一确定的事实是令人迷惘的含混不清。

但他一再告诫自己，必须保持强有力的战斗力，何时何地都必须在迷雾中走出一条清晰的道路来。他虽然个性强悍，但也非常依赖他忠诚的幕僚们，他认为只靠自己的力量是不可能从这困境中脱险出来。许多时间里他喜欢华盛顿的元老和智囊团那种自然流露出的智慧、幽默诙谐的谈吐和敏锐的全视角观察,他们对人类本性和事件本质的剖析或一针见血或入木三分。

而他的幕僚呢?当然也十分忠诚,那些骨子里天生的使命感,使他们把忠诚当作立命之本,一群全美最出类拔萃的人把自己的智慧与见识当成了礼物,迫不及待地献给自己的主子。

虽然我们可爱的罗斯托先生偶尔也厌倦了这样的生活,他总是想着在他的任职期限结束之时履行承诺,和妻女过起隐居的生活。但是现在呢?这些愿望他想也不能想,他眼睁睁地看着华盛顿,不,是全美的反战浪潮,还有捉襟见肘的黄金储备。约翰逊政府的前途好像已经走到了头,他偶尔去参加他们的小型酒会,不说话,只是听着别人辩论,试图从中找寻一条捷径,可每当这个时候,他就会发觉他像是一头大象试图在蚁丘里找到家的感觉,怎么看怎么滑稽。

临近中午时,罗斯托先生风尘仆仆地来到得克萨斯郊外约翰逊总统的私人农场。他还没有从炫目的阳光下走进阴凉的屋子,约翰逊就开门见山了。

"你很清楚荷马说过的一句话,'即使难以出类拔萃,也要高出别人一头!'我想听听你对'美元信任危机'的看法。"

"是的,总统先生,我为此已经有很长一段时间睡不好觉了。一方面我们是爱做白日梦的理想主义者,另一方面黄金战线是出了名的严格而苛刻的吝啬鬼。如果我们这样一点点被其他国家吸干黄金储备,那么后果的确很可怕。"

约翰逊沉默了片刻。

罗斯托觉得此刻他的机会来了。

“我一股脑儿把我的计划全盘倒出，完全没有逻辑性，这是我的习惯表达方式。我认为黄金互助基金破产后，必须有一个过渡期间的规则，官方央行美元持有者仍按原价兑换，如果这协议不能达成，那么，暂时将中止官方美元兑换黄金。”

“这可能办不到。”

“但这是唯一迫使其他国家接受的一个长远的方案，大家一致认为让黄金价格上涨是最糟糕的后果。”

“有没有其他更好的办法？我要有十足的主动权，而不是看别人的脸色行事。”

“我还不知道约福勒部长和比尔的个人观点，也许我可以明天早上或者今天晚上与他们交换意见。”

“你先说说你的想法。”

“首先得明白，美元危机不是黄金短缺造成的，许多人喜欢倒果为因，在危机来临时通常采取掩耳盗铃的伎俩，而不是诚实地面对问题的实质，从金本位的历史来看，黄金短缺并不是问题的原因，而无节制的美元过量增发才是危机的真正根源。”

“那如何解决过量印发美元产生的危机？我亲爱的罗斯托先生，是什么让您喜欢上了拐弯抹角、再三思量？”

“我们还可以玩最后一个游戏。拿出全部家当，把伦敦金属交易市场‘淹没’，一劳永逸地解决黄金对美元的升值问题，重拾世界对美元的信心……”

“您怎么看待这游戏？”

“我们同样没有选择，在这样混乱的局面下，谁都认为越南战争该收场了，我们现在内外交困，战场上我们节节败退，北越军似乎越打越勇，他们取得了政治上的胜利，但是从军事角度来看，却是他们最大的败笔，游击队放弃了自己擅长的飘忽不定的打法，而集中主力与美军打起了阵地战，他们求胜心太盛，在我们的优势火力之下，游击队伤亡惨重，如果我们对业已失去了游击队掩护的北越主力部队进行大规模的进攻，越南战场的前景可能将会有根本性的改观。这是我的个人观点，眼下，我们要力挽国内反战浪潮。让他们看到隧道尽头的光亮很重要，我们得增强我们的底气，这需要在疯抢的黄金市场中取得更多、更稳固的份额。”

他这样说的时候，约翰逊的确看到了一线曙光，他需要他充分信任的人来弹拨他心中早已谱好的曲子，一切合乎节律、天衣无缝。但他并没有什么面部表情，他继续听罗斯托先生说下去。

罗斯托含着一种神秘的微笑，这种表情分明在鼓励约翰逊总统去领悟他说的“让步”是什么。

他们准备让步给黄金市场，联手抛售海量的黄金。

“哈哈，世界上还有哪儿比我得克萨斯的风景更优美呢？”

约翰逊粗鲁地打开了窗户，眺望着一望无际的牧场，野花四处盛开，他深深地呼吸着新鲜的空气，尽管他没有说什么，但罗斯托先生已经知道总统心中的打算了。

罗斯托认为政治无聊，令人厌倦，但此时此刻突然被一种激昂的力量感动，政治是飞翔着的历史，它不断演变，千姿百态，除了政治还有什么人类活动能唤起人类灵魂中最崇高以及最卑下的品质？还有什么其他领域能把我们的长处和短处暴露得如此深刻？若说政治无聊，还不如说生命本身无聊算了。

总有相似的感觉，当微凉的风吹进屋子，罗斯托先生发现，当达成某种默契确定一条摆脱困境的路径之时，就像经历前线一场枪战之后，那种巨大的活着的快感，树木、草、土壤，乃至一切——你周围的事物都完全地活着，你在它们中间，那种强烈的、脱胎换骨的精神的焕发，让你平生第一次爱上了自身和世界上拥有的一切最美好的东西。

三

“酒是个好东西，它会让你成为一个风趣的人。”

总统兴致很高，但很快喝醉。

“喝醉的人智商会迅速下降吗？”约翰逊问，“我喜欢你做事的巧劲儿。”

“保罗·古德曼曾经说过，‘愚蠢是一种性格缺陷，和智力没有多少关系。那些所谓最了不起、最聪明的人却总是把大家拖入泥淖。’”罗斯托喝得更醉，约翰逊家新酿的酒一下子摆平了美国两位最显赫的人物。看样子，酒真是个好东西。

罗斯托先生的话渐渐多了起来，他根本不把眼前的约翰逊总统放在眼里了，“好些可以赚大钱的精明人士却一而再，再而三地做一些让他们大部分时间都在蹲大牢的事情，我外祖母就常引用席勒的话，‘神对蠢人也无可奈何’。”

“我们都是蠢人，哈哈！”

“不，您看上去像个圣人，如果遇上虚伪和背叛时，您的怒火足以烤焦华盛顿。”

“我不仅怒火冲天还暴力十足——我要把新花盆砸碎在大街上，我要半裸着身子坐在飘着冬青草味道的办公室里，我要点燃埃德加·胡佛这家伙的裤子。”

“伟大的约翰逊总统，您的‘伟大社会’的计划足以令您千古流芳。”

“是吗？我知道您有令人佩服的本事，能够一眼看穿别人——我是一个世纪以来最粗俗的白宫主人，哈哈。”

他们喝酒、撒尿。

他就像一枚热追踪导弹那样抓住别人的弱点和长处，并且拿捏得恰到好处，他追求权力也得到权力，而且喜欢运用权力，他善于动员别人采取他打算采取的立场，彼此站在一起。

他的手下对他怕得要死，但是没人敢辞职，谁要是胆敢这样做，就会有两个人跟他们到天涯海角，一个是联邦调查局的埃德加·胡佛，一个是国内税务局局长。

这是1966年底，雨季已经结束，大规模的战争正在酝酿，并且按照威斯特摩兰的定义，一旦某个地区被定为“自由开火区”，任何留在那个地区的人将被认为是敌人而成为轰炸对象，不管他是不是平民，许多不愿或无法离开这类地区的平民因此丧了命。虽然美国陆军当局也假惺惺地规定了尽量减少误伤平民的作战规则，但是美军各级战地指挥官绝大多数场合都未遵守此规则，而且实际上完全不存在对违背这些规则的惩罚措施。

而罗斯托先生这位深得约翰逊信任的经济学先驱，他致力于约翰逊总统“伟大社会”的宏伟计划，自然眺望得比其他人远多了，并且习惯用他的智慧帮助总统做一些噱头十足的事，比如提议东南亚国家参加一个应急的“马歇尔计划”，并打算向国会要求十亿美元来帮助他们。总统慷慨激昂的陈词通过新闻署传到了世界的每一个角落——我们不会等到战争取得胜利才来实施这项伟大的计划，我们要用剩余产品来帮助忍饥挨饿的东南亚国家——这让约翰逊总统看上去兼具了圣斯皮尼敦的美德、圣母玛利亚的真诚。当然很快他改口了，排除越共参加，以引起河内的反对。

这之后不久，总统玩了一连串的魔术——艺术中的新概念，并且达到了技艺的顶峰。毫无疑问，政治家就是职业撒谎者，十亿美元和剩余产品不知所云，应急的“马歇尔计划”不存在搁浅一说，因为他从没打算过让它启航。这也并不是他的亚洲计划，他的计划是使越南战争成为美国人打的战争。但是持续的轰炸并没有炸出一个良好的局面来。相反，他着实低估了他的对手。中情局的报告称，轰炸并没有使南越瘫痪，也没有让他们害怕,相反却使作风强硬的越共增强了在南越的军事力量，目前已有一个团渗透至南越，另一个团在分界线上装备。相信随着轰炸行动的持续，越共的军事力量将会越来越庞大，美军增援部队的力量一抵达就会被抵消。这样大规模不断增强的军事打击正把美国卷入一个无底的旋涡。在总统的领导下，新闻官员的政治任务是尽可能地循着良好的愿望进行报道，不要引起公众的恐慌和一些有识之士的忧患与责难。

此时，白宫府邸面北的石墙上，冒出了像汗珠一样初夏的潺湿，自我到了信仰的地步，真是为所欲为了。

这时的世界，已经不是异己的力量，而是“为我”服务的工具，是“我”的一部分。约翰逊总统坚定地认为：美国是世界和平的主要支柱，我们必须竭尽全力实现这义务的完整性，如果不这样做，共产党阵营会得寸进尺，现在，只要南越人愿意为他们自己而战，我们就不能放弃他们，我们不能给世界的和平和我们在全世界的利益带来灾难。但这些高论在大多数美国民众心中，是自我标榜，是一个精于此道的演员努力让大家相信,真相通常在事物的背面。而在熟悉政治背景的人们心中，总统经常在掩饰真相，甚至不惜毁坏他的声誉——他怀有纠正困扰大多数有识之士心头顾虑的高度责任感。

他的确是一位卓越的政治家，虽然他的“伟大社会”的目标一直不见得实现，但是不久前“民权法”和“选举权法”这两项具有里程碑意义的法案把美国从频繁的内部冲突中引领了出来。

在没有受过战争创伤的历史学家眼中，约翰逊总统这个来自得克萨斯的牛仔，高大魁梧、骁勇好战、干劲儿十足，一旦他火急火燎起来，昏沉的柯立芝总统在坟墓中也会惊觉。

当总统在全国发布的电视讲话中宣布，美国陆军增加一个空中机动师，全面执行在越南的轰炸行动时，美国陆军参谋长哈罗德·约翰逊将军深信总统使越战升级而不宣布实行紧急状态是丧失理智的疯狂行为。他驱车前往白宫打算向总统辞职以示抗议。在此之前他把夏季军装两个肩章上的四颗中将银星取下了。而就在他的车快抵达白宫大门之际，军人强烈的服从命令的天职促使他改变了主意，他返回五角大楼，继续留任，他因此没有改变历史。

而约翰逊总统因为在外交中颠覆了他竞选时的美好形象，政治道路越走越艰难，在民众强烈的反战浪潮袭来时，他一度沦为白宫囚犯。

战地最高指挥官威斯特摩兰将军当时也是这样想的，他认为他们在德浪河谷的牺牲中学到一些东西，也是打赢这场战争的答案：他将用一个美国人的生命去换取十个，或者十一个，或者十二个北越人的生命，这样日复一日，直到胡志明讨饶。

而才智非凡的国防部部长麦克纳马拉，开始感觉越来越无法驾驭这场战争，这一年的年底，他总结了在越南发生的实情："虽然我们非常努力，但是我们失去了目标。"

尽管他心底是如此的焦虑，但是作为国防部部长，他还是很注意他在公众场合的言论。当资深的社会党人诺尔曼·托马斯在示威游行中发表了极具感召力的演说，他的一个观点——“更希望美国在东南亚拯救自己的灵魂而不是挽回自己的面子”，麦克纳马拉问道：“你如何拯救你的灵魂？你是通过抽身而退拯救你的灵魂还是通过履行责任拯救你的灵魂呢？”

深秋的一个黄昏，离五角大楼三十英尺不到的地方，贵格会教徒莫里森，把一加仑汽油倒在自己身上，还有他怀抱着的一周岁女儿的身上，路人求他，“救救孩子，放下孩子。”他把女儿放在地上，孩子跑开了，他在顷刻间化成了一团火球。透过窗户目睹惨剧的官员们惊呆了，这是对千千万万越南和美国的年轻人惨遭杀戮的严重抗议。他希望美国能够在东南亚拯救自己的灵魂，而不是挽回自己的面子。

高高在上的权贵们，正被一双巨大的手揪住了自己的胸口，灵魂被注入了苦涩的烈酒，当他们责问自己，是否正义与清醒时，他们的回答是含混不清的，一半是由于依附着民众的躯体受到了责难，一半是因为灵魂与躯壳两相分离。

现在，贪婪之欲造成千条血河，但自由之臂将捣烂巴士底狱。

之后，莫里森的妻子发表了一份声明：

> 诺尔曼·R·莫里森以他的生命来表达他对越南战争造成的巨大的生命损失和灾难的担忧。他是在抗议我国政府在军事上深深地介入了这场战争。他认为全体国民必须讲出对国家采取的行动的看法。

几周后，约两万到三万五千名的反战人士在白宫前游行，这是一起和平有序的示威活动。美国民众并不认为十比一甚至二十比一的阵亡比例是便宜了美方，于是乎官方必须巧妙而讨人喜欢地应对一下参议员和众议员传递上来的有关民众对越南政策的问题和抱怨。并且，为了安抚民众，他们胆大妄为地颁布了法令，规定驻越部队留越期限为一年，任何一个美国士兵都不必在越南多待一天。

1966 年夏天，因为这项法令，那些在战争中幸免于难，并且学会了如何在这个陌生而困难的环境中作战的官兵，开始陆续回家，也带走了最宝贵的经验和作战技能，战争对人员的需求与日俱增，而部队的战斗力却迅速下降。

四

此刻距离华盛顿约两万公里的越南，夕阳下泛着一种绝望的红色。

广袤的红土地刚又经历了新一轮轰炸行动，B-52 轰炸机可能是最具毁灭性的可怕武器，它可以在三十秒钟内投出一百多枚七百五十磅的炸弹，在丛林中可以切出两公里长、四分之一公里宽的林间空地，但是它对北越军的杀伤率却低得可怜，据估计三百枚炸弹，耗资一千万美元才杀伤一名渗透者。一个月前刚到访过越南的约翰逊总统，开始病急乱投医，试图改变这一局面。

霍夫曼这位 Monsanto 公司驻越的军需代理商开始忙碌起来，为了消灭丛林，美军大量地喷洒化学脱叶剂，西方记者讽之为“当代唐·吉诃德”，即使美军能把整个长山山脉的丛林喷洒遍，第二年不就又长出新叶来了吗？即使树叶都落光，又能怎么样呢？

是的，又能怎么样呢？胡志明小道在狂轰滥炸的“滚雷”行动下照样畅通无阻，运输量反而越来越大。总统开始有些沉不住气了。

“进来！”约翰逊总统声音粗暴,坚决而带有一些愤怒,“我们正在一条从未料到也并不希望的歧路上。”

“是的，总统先生，这个念头始终强烈地出现在我的头脑里。”

“国会正越来越关注到这个问题，我们坚持不了多久了。”

“如果我们坚持原定计划，我们能够赢得这场战争，尽管我对轰炸效果表示怀疑。”麦克纳马拉说。

“我们真能赢得这场该死的战争？”

“我们得以冷血的态度去做热血的事。”麦克纳马拉说。

“到处都是麻烦，国会、财政部，接下去每个月的阵亡人数将会达到一千人。”

“如果我们能够投入足够的兵力，也许是六十万，或者更多，我们就可以阻止越南民主共和国和‘越共’继续把仗打下去，但是会有更可怕的局面出现。”

“中国出兵干涉的问题，就成为严重的现实了。您要告诉我的是——这是个死局，我们根本无法计算那样的后果，哪怕您这样的‘人形电脑’也无法计算。”

“此外，我认为在核时代对越南进行无限战争，将使我国和全世界处于非常巨大的危险之中。从三十四个营增至七十四个营的兵力，我们应该认识到这种规模的部署，并不能确保成功，成功的可能性为三分之一，或者仅为一半，谁也没有把握。”

“或者以极大的热情进行战争并赢得胜利，或者抽身而退。”

“暂停轰炸，尝试谈判，暂时应付公众反对战事的舆论考虑？”

“我想这会儿是到了检验我们决心的时刻了，必须坚持下去，因为我们没有退路。”约翰逊总统如是说。

在美军大规模轰炸时，越共也开始了游击战。圣诞节下午美军的一幢军官宿舍大楼被炸，近两百人伤亡，其中有三名上校。

当时的美国喜剧明星鲍勃·霍普在这一天到西贡做圣诞劳军演出时大开玩笑：“我一生从未受到如此热情的礼遇，一路有十九响礼炮，有一炮还是外国人放的。我坐的飞机刚降落，一幢房子就飞上了天。”

不久前在陆军疗养院中养伤的空军吉斯林上尉说：“我从来没有想到当他们把勋章挂在我胸前时，我内心是如此沉重。这不是荣誉，我丝毫没有自豪感，因为从战争开始到现在，我的一切行动得不到我内心的肯定，更无法对自己行为的后果负责，任何选择都是坏的，然而，我们又必须选择。在越南，我的心脏每跳动一次都加重一分我的犯罪感。”

这会儿，约翰逊总统正被雪花般的增兵电报搞得头昏脑涨，决策层正面临着撤出南越或者是增派地面部队的重大战略抉择。因为对越南北方的轰炸是徒劳无益的，根本不可能使越南人民屈服，如果继续扩大对越南北方的轰炸，也难以解决南方的问题，并且有可能招致中国进行干涉的巨大风险。约翰逊已经不想被前线的将军们糊弄得团团转，他召来了深受信任的陆军参谋长哈罗德·约翰逊，要他马上带小组到南越进行实地调查，临行时总统强调："将军，你要搞清楚事情的真相。"

而威斯特摩兰将军在战场上是冲锋陷阵的勇士，他彻底打破了守卫基地的界限，完全把美军投入作战。他一直强调："良好的进攻是最好的防御。"这条格言古往今来适用于任何地方，越南也不例外。

1967 年的春天，像春草一样勃发的，还有史无前例的反战游行。听着爵士乐长大的年轻理想主义者们认为，越南战争是对肯尼迪的"新边疆"政策和约翰逊的"伟大社会"改革纲领的背叛。这年的 4 月，纽约发生了三十万人参加的反战游行，越南战争让年轻一代的美国人变得激进，他们认为这是一场错误的战争，并且开始认识到这场战争暴露了美国社会存在的根本性缺陷。

而在越南战场上，随着战争形势的发展，威斯特摩兰将军关于“看到了隧道尽头光芒”的说法被最后证明是关于越南战争的最具有讽刺意味的言语之一。随着参战人数的剧增，美军的伤亡非常大，新兵麦考利下士在家信中这样写道：

> 我现在的情绪很不好，因为我的一位亲密战友在前天的战斗中阵亡了，当时，我站在距他只二十英尺的地方，一发口径六十毫米的迫击炮炮弹落在了他的身旁，一个炮弹破片削中了他的头部。我背着他飞跑将他送到战地救护所，但他最后因伤势过重而不治身亡，我泪流满面，大声咆哮。我以前曾经见到过死人，但从没有离得这么近……就在我这位战友阵亡的前两天，我们连的四名陆战队员被落在他们掩体顶盖上的火箭弹炸死。他们当场死亡，而且尸体被炸得血肉模糊，惨不忍睹，简直需要用汤匙把他们的血肉从水泥墙上刮下来。我想，经过几周来对悲惨死亡和巨大破坏的亲眼所见，我已经成熟了许多，我现在觉得自己像一位老人。

马丁·路德·金在纽约市的一个教堂发表了演讲，指责美国政府是“当今世界动乱的始作俑者”。在马丁·路德·金看来，越南战争不只是一场政治事件；在美国，它是反映一切错误的镜子。“如果我们站在世界革命的正确一方。”马丁·路德·金对他的听众说，“那么我们作为一个国家就必须要经历一场激烈的价值观革命。”

因越战升级而产生的失望情绪增加了许多抗议者的好战性，有示威抗议者高举越共的旗帜，当众焚烧美国国旗，一些抗议者甚至发生了暴动。就这样，一开始赢得绝大多数公众支持的约翰逊的越南政策，因战争的缓慢进行、美军伤亡的不断增加以及承诺已久的胜利遥遥无期而逐渐削弱。

这一年卡莱尔把 Monsanto 公司的红利派发给了法国里昂圣安娜教堂唱诗班的孤儿们。

五

汉娜·阿伦特的《极权主义的起源》中说：“在极权主义的最后阶段，一种绝对的邪恶以绝对的方式出现了，因为人们再也无法根据人类可理解的动机来推论它……”

每一页都有无能为力的东西。活在这世上，无能为力的东西太多，有些人会感到困扰，他们也应该如此，为他们的命运所困扰，但是——他们讲出的是这个世界所面临的真相，绝对的邪恶。

总统喜欢选择武力来解决引起民族主义起义的社会弊端。如此醉心于武力，以至于幽默作家阿尔特·巴克沃德声称，总统想在歌颂母亲节之前，调集两个空降师、四个海军陆战旅和整个大西洋舰队来实行警戒。难以想象的强大军事技术和力量，是他胜战的全部倚靠。

但是可恶的北越军从不集结成可能成为美军火炮轰炸目标的大集团军，他们作战更像 1777 年乔治·华盛顿的游击部队而不是 1951 年进入朝鲜的中国军队。

约翰逊总统为此很沮丧，不久前他脱口说出了令人为难的境遇：“大多数人希望我们不在那里，大多数人希望我们不卷入战争，大多数人不想让战争升级，大多数人也不想脱身。”

真是百感交集。

美军夜以继日用 B–52 轰炸机进行地毯式轰炸的地域也大多在这条小道的几个关隘，而北越军把部队化整为零，像输血一样一滴一滴通过无数条小道潜入南方各个战区，数十万民工扩展胡志明小道和执行支援南方的运输任务，他们提出的口号是：“保卫北方，解放南方，统一祖国。”它所产生的精神力量是无法估量的。

不久后，精于计算的麦克纳马拉在几个行动小组收集来的资料的基础上，起草了一份报告：

根据我们的情报得出的分析，敌人在南方的兵力除食物外，一天只需要十五吨的物资供应。而从北方到南方的运输线，即使在大规模轰炸的情况下，仍旧拥有每天两百吨以上的运输能力。迄今为止，我们已经对北越进行了十七万三千架次的轰炸——数字之巨大，简直可与二战时盟军对德轰炸的总架次相比。其中百分之九十用于对运输线的直接打击。

战争仍在继续——死亡还在继续。

1967 年夏天——从来没有像现在这样感到最起码的生活如此值得追求，营地外火红的美人蕉、草茎上的绿蚱蜢、温存的黄昏、饱满的酱果、夜里的星星和潺潺的流水，一个长长的美梦——生活，最起码的生活，在这儿是多么美好的期待啊！

1967 年夏天——从来没有比战地上的时光需要更多默默无声的忍受。关于停战和胜战的谣传令人兴奋，把他们的心都搅乱了，使动身上战场比任何时候都更困难。

1967 年夏天——如此多的飞机像捕野兔一样追捕每一个生命，从来没有比现在更痛苦更恶劣的生活，年轻而瘦弱的躯体紧紧地贴在地上，脸埋在污泥里，双手痉挛，心中唯一的念头："不！不！不能是现在，不能是现在这最后的一刻！"

1967 年夏天——掠过烧焦的田野的希望之风前所未有地令人发狂，花椒的果子红艳艳地挺立在叶子中央，直抵西贡的公路宛如明晃晃的剑柄通向地平线，密集的炮火在四周咆哮，死亡在继续，日复一日，焦灼，焦灼，焦灼！

所有人变成了危险的野兽，他们不是在战斗，而是在破坏和杀戮。

再也回不到从前了，战争把我们改变了，所有人看不到边界，看不到终点，血液中只有一种期望——活下去！

所有人已经被事实给毁了，已经像商人一样懂得了区别，像屠父一样懂得必要性，不再无忧无虑，不再漠不关心，像小孩子被遗弃，又像老人一样有丰富的经验，既粗鲁又悲伤而且肤浅。

局势正在日趋恶化，如果美国不采取新的行动，无法有效地斩断胡志明小道的话，失败是不可避免的，不一定在今后几周或几个月内，但在今后一年左右的时间内总会发生，现在还来得及扭转局面，但时间不多了。

越南牵涉到的利害关系很大，美国的责任是一个在亚洲和其他地方都能感觉到的活生生的现实，美国的国际威望和很大一部分影响在越南直接受到威胁。现在，已没有办法把重担放在越南人身上，也没有办法通过谈判使美国人自己离开越南，目前还没有这样的前景，可能将来有一天会出现一个非共产主义的中立势力，但是目前不存在。目前，有关美国撤退的任何谈判都意味着逐步投降。

越共的精力和毅力是惊人的，他们随时随地都可以出现，他们遭到了很大的损失，但是甘愿付出更大的损失卷土重来，他们善于偷袭，而在被包围时的表现十分勇猛。

即使从最好方面来设想，越南的斗争也将是长期的，对我们来说，重要的似乎是应该把这个基本事实向我国人民和越南人民说清楚，过去我们过多地给人这样的印象：我们希望问题尽早得到解决，而这些同这场战争有密切关系的人，却认为早日解决是不可能的，我们相信美国人民具有必要的决心去接受和执行一项基于现实的政策，这个现实就是我们要在越南取得胜利没有捷径可走。

1967 年 8 月 17 日

邦迪就这样表态了，他是实干家，不是思想家。他对长远的调查研究更感兴趣，他的本能是尽快地去干最迫切最合理的事。他认为越南战争是一场艰苦的斗争，不符合他的性格，他不愿意为这样一项濒于失败的事业，而且是在亚洲濒于失败的事业，去牺牲自己，主要是因为亚洲不应妨碍欧洲那些更为重要的事务。他是一个本性渴望权力的人，他喜欢权力，他能够随着权力的转移而顺风使舵，同时能使人们以聪明克制的态度去做聪明克制的事。

总统一向对邦迪的建议非常感兴趣，甚至有些依赖，但是现在，约翰逊感觉备忘录再也帮不了他什么忙了，因为他已经不再能很顺利地履行他的职责了。在如火如荼的反战浪潮中，他像是被囚禁在笼中的鹰隼。但有时，他也这样想，正因为有了这些压力才使他不至于崩溃，他感觉自己就像那种有名的双翼机，正因为有了那些橡胶带和钢丝的捆绑才不至于从空中掉下来。看看现在的自己，因为以前没有的闲散，突然之间所有的轮子都松动了，他不停地在自己的办公室踱来踱去，不停地转换电视频道，并从窗户看外面的鸽子和车流，感受着严重的心脏病正在侵蚀着他的健康。

久拖不决的战争让约翰逊总统承受了巨大的压力，国内的反战浪潮一浪高过一浪，他在沸腾的民意大锅中饱受着煎熬，曾经那和平缔造者的形象早已被炮弹轰得荡然无存。

“谢谢你的支持，邦迪。”约翰逊尽可能冷漠地说，“你一向会有管用的办法。可是现在啊,你和腊斯克得写份报告给我，我必须看到这份报告，这样的日子我过够了，这么多年来我一直指望着你们，你们也是值得我指望的。”

“我想这是我们应该做的。”

约翰逊总统放下了电话，但马上又拿起，“我本身一钱不值,但我可以用一个空余的下午仿造出一份有说服力的备忘录，回答困扰你们多时的所有问题，什么样的得克萨斯匪徒，什么样的国际金融黑手！”电话里传来了匆忙的嘟嘟声，然后总统冷静了下来，又自言自语道：“多年来，我一直指望着你们，现在你们都在忙自己的事了，所有人都在背弃我，我本来想问问你们我该怎么办，告诉你们不用这么快告诉我我完蛋了，因为这个我自己知道。”

六

武元甲将军是这样说的：“我们还没有强大到能够将几

十万美军部队赶出国门的地步，那不是我们的目的，我们的目的是破坏美军继续进行战争的意志。威斯特摩兰将军希望用占绝对优势的火力将我们消灭，但他错了。如果我们只注重分析双方的兵力对比，那么我们坚持不了几天就会被打败，但是，别忘记我们进行的是人民战争，他们先进的武器装备、电子设备和所有一切最后都将毫无用处，在战争中，有两个因素——人和武器，最终决定战争胜负的因素是人，而不是武器。”

美军空中将士飞越越南的非军事区时，也会被底下的景象弄得惊骇万分，他们有生以来从未见过如此多的弹坑，仿佛来到了坑坑洼洼的月球表面。1968 年 1 月，美军中央情报局估计，在他们的轰炸行动中，已经有两万名越南人被炸死，其中百分之八十是平民。正如二战不列颠战役中德国对伦敦的轰炸激发了英国人的抵抗情绪一样，美军对越南平民的轰炸使大后方的越南人空前地团结起来。没多久，美军发现在这个久经战火、广袤的农业国家根本没有多少目标值得轰炸，B-52 轰炸机的轮番进攻，只是把垃圾从路的北边儿挪到了路的南边儿，第二天，又把垃圾从路的南边儿挪到了路的北边儿。

大规模的军事行动——一些造型优美的战斗机、嗡嗡直响的直升机和极具杀伤力的 B-52，并没有对战争产生多大的影响，但是中央情报局一次次的战争评估和军事科学家完成的一份份调研成果却让一些高层领导心头的阴影越聚越多。因为胡志明小道附近一头“不懂事”的水牛每靠近一次美军投放的“嗅探器”，就会让 B-52 轰炸机投下三万美元纳税人的钱。他们还粗略地算出了，在胡志明小道上每炸死一名北越士兵，需要耗费美军一百吨炸药。这些报告在国防部部长麦克纳马拉的脑袋中也升起了直升机，嗡嗡响个不停。

他对这场战争的希望开始幻灭，除了担心黑洞般的财政支出，更担心国内迅速蔓延开来此起彼伏的反战浪潮以及美国在全世界的形象。

这年初，他开始要求采取措施相应缩减战争的规模，为此他给约翰逊总统递交了一份备忘录，郑重其事地给予了提醒：

> 许多美国人和世界上许多国家也许不会容许美国超越一定的界限。一个超级大国每周杀死或重伤一千名非战斗人员，因一个是非曲直仍在激烈争论中的问题而试图使一个落后的小国屈服，这的确不是一幅好看的画面……

林登·贝恩斯·约翰逊并没有理睬这份备忘录，并且自始至终亲自控制着轰炸行动的规模和节奏。他会在每周二例行的白宫午餐会上亲自选定将要打击的大部分目标，就像回到了1950年的朝鲜和1944年的欧洲，他手指朝地图上指一指，士兵们就得到了口头命令“到这里去”，士兵们就像在朝鲜一样，接到命令就出发。

不久后麦克纳马拉辞去了国防部部长的职务。而这时战地的最高指挥官威斯特摩兰将军正着迷于大规模的军事行动所造成的北越军死亡的统计数据，并不失时机地嘲讽一下那位被誉为天才的老对手武元甲将军大刀阔斧地损兵折将。事实上武元甲将军相当谨慎，他更信赖保存实力的持久战，但是，只要能赢得最后胜利，他是愿意付出被美军指挥官戏谑为不计后果的牺牲。

火红的太阳在另一个早上升起，舷窗外深红浅紫，这是天空在沉思默想。热情的空想也能够像冷静的思维一样深刻揭露秘密……

持续的轰炸看样子没有炸出一个理想的局面来。

“但总统必须坚持下去，他要维护艾森豪威尔和肯尼迪总统对越南那个空洞的许诺。”

“这很容易将自己拖入更深的泥淖。”

“我们正在毁灭一个从未打算伤害我们的国家。”

“我们的空军总是说这样一句话：为了拯救他就必须摧毁它。”

听证会众说纷纭。

约翰逊总统病急乱投医。他不断要求中央情报局寻找解决胡志明小道的办法。参议员约翰·斯坦尼斯在听证会上曾表达了这样的意思：“国会正越来越关注这一问题。如果我们只是把美国士兵丢进游击战的深渊，而不尝试更有效地切断敌人的供给线，那么派出更多的部队是否明智？”

胡志明小道注定要在世界军事史上占有特殊的地位。这条运输线既不是河流也不是大道，而是一条大山脉，是横跨越南、老挝两国，纵贯越南南北全境的长山山脉。这条小路连接着越南、老挝、柬埔寨三个国家。北越部队从十七度分界线的广平省出穆嘉关进入老挝，绕过十七度分界线，沿长山山脉，由老挝进入柬埔寨的磅湛省潜入越南南方的西宁省，这是数千里曲折蜿蜒的山路和丛林，处处是天然险阻。

因为大量人民军正规部队正源源不断地通过胡志明小道向南方增援。此时的胡志明小道，对于北越，是支撑整个战争的要冲,对于美军则是一个无法用正常概念解释的“战场之谜”，更是美军和南越军的噩梦。

国务卿迪安·腊斯克是最强硬的鹰派人物，为此深得约翰逊信任，他和杜勒斯是两个道学家，杜勒斯是公开地，几乎是肆无忌惮地把他的道德信条讲得天花乱坠，而腊斯克也许对道德信条感情更深，但把感情藏在心里，这是另一种情感与信仰的狂热。再往西去，在得克萨斯州，在差不多同样的环境中，林登·贝恩斯·约翰逊也怀着同样近乎神秘的信念。

腊斯克说：“美国的巨大力量致力于世界的和平事业和人类的正当主张，但是任何政权或几个政权集团，想无法无天进行侵略活动，是不会有好结果的，是要遭到美国人民坚决反对的。不幸的是，按照一般规律，破坏法律的人总是掌握着主动权，但争取和平的世界各国人民能够而且必将使他们自己强大到足以维护和平……”

他的信条具有某种危险性，像他那样死抱着某种概念和事实不放的人一旦持有这种信条，便不会去考虑所谓的正义和正当立场在世界不同地区是有不同的定义的，他在鼓吹自己的概念的同时，是不会顾及别人的接受程度的，他认为全世界都得顺从他的意志。

而约翰逊总统虽然焦头烂额，疲于应付，但却非常赏识腊斯克不可一世的强势。他也同样认为，像美利坚合众国这样伟大的国家全力以赴的时候，是无坚不摧的，虽然他也同样知道法国人曾经在那儿失败过，政局是糟的，也许比一切报告中说的更糟。但是他决不相信，当一个像美国这样伟大的国家全力以赴的时候……真是超出了信念，而成为一个信仰问题了。

腊斯克沾染了得克萨斯牛仔的习性，林登·贝恩斯·约翰逊当然也不例外，他们想学马歇尔，想当马歇尔，一个没有马歇尔的马歇尔。

他对功名的欲望没有止境，但却不是一个深思熟虑的人。他虽然特别注重细节，但是较广泛些的概念他就把握不住了。他认为忠诚至关重要，因为华盛顿这个城市毕竟是一个充满着敌人的地方，好像海边围着成群的食人鲨，因此他的助手和亲信必须十分牢靠、万无一失，特别像他这样深知自己有弱点，有易受人攻击之处。

所以他总是这样说："我不要我的手下一般的忠诚，我要的是死心塌地的忠诚。"他时时担心自己的亲信会向一个充满威胁和敌意的外界透露他们的短处，担心自己在一群来自东部地区的有教养的女士心中成为一个得克萨斯州的无赖，这也恰恰反映了他内心的恐慌。

一个世纪以来最粗俗的白宫主人，这样说实在不是贬低得克萨斯的男人，因为我们和大多数人一样认为——得克萨斯的男人，才是真正的男人。

他眼光独特，别人望尘莫及。但只在晚些时候，这一认识才深入人心，就像他身边所有的高参一样，晚了那几年才发现他们自己使战争变得多么漫无止境，而对战略的决定又是多么无能为力。

孤立无援就像寂寞一样，是有大小的，没有哪个国家愿意成为棋盘上没有独立意志的“相”。无休无止的暴力和悲剧，是延续数百年不公正和难以计数的痛苦的结果。与此相反，这个超级大国正在此中成功地积累了足够的破坏力量，并努力地把别人的历史篡改。

他绝不肯让将来的历史书说他甘当一个悠闲自在、无所事事而听任事情自流的总统。打一开始他就决心控制和主宰各种事情，好让将来的历史书传颂他所做的好事。他总喜欢夸大事实，高的说得更高，低的说得更低。他好大喜功，不搞小的挑战，他一心要留名青史，也许想在拉什莫尔山占一个位置，但某些了解他的人认为，他还嫌拉什莫尔山不过瘾，威斯敏斯特教堂才是他向往的地方，因为他想扬名整个西方历史，他嘱咐他的演讲稿写作班子细读所有关于丘吉尔的材料，以便使他的讲话稿有丘吉尔的气派。

一切伟大的事情吸引着他。

七

他的目光从未离开过历史。在他看来，自己的每一件东西都具有历史意义，必须给予适当的尊重。在总统的喷气式座机上，他常常一面同记者谈话，一面在纸上乱涂，有时他离席去同别的人谈话，看到某个记者跑去捡那张他乱涂过的纸片时，他会立即走过去把它夺回来而毫不觉得有失身份。这样，就不会有未经认可的约翰逊历史文物流落在外了。

他对功名的欲望是没有止境的，他总喜欢听他的手下这样说："是，可以办得到，我们就去办。"这些事包括削减预算、修筑水坝、通过法案、写演讲稿等。

他还是个特别注意细节的人，大事情的细节和小事情的细节，总之事无大小，他都要掌握和利用。有一次他正要返回得克萨斯去度周末而离出发时间已经很近，这时从得克萨斯州选出的某众议员带着一些要求解决土壤灌溉问题的选民找上门来，他们问约翰逊："有时间接见吗？"

"当然可以，请他们到我办公室来说话，这土壤灌溉可是一件大事啊！"他一边听一边点头与他们交换意见，然后他一下子把话题转到他的助手乔治·里迪的衬衫上来。

"你们看，里迪那小子总不肯多带几件白衬衫。"他边说边拨通了一个号码，"喂，里迪太太吗？我是林登·贝恩斯·约翰逊。乔治穿的衬衣是多大尺码……不，不，不对，乔治的个子大，要穿大一号的才行。"他很快地说服了里迪太太，使她同意他的关于里迪衬衫的尺码的意见。他放下电话，继续谈论水利灌溉的话题，一会儿又突然拿起电话，打到一家大百货商店，要经理来听电话，“我是林登·贝恩斯·约翰逊，我需要四件白衬衫，马上送到我的办公室来……不，不，我等着用……这就对了，你是能办到的，我知道你能办到，你是一个能办事情的人，我知道你，我不会忘记的。”他挂上电话，又立刻回到灌溉问题上来，谈话的思路一点儿也没有断。这当儿，他替乔治·里迪办了一件事，使他的太太知道她自己还不清楚她丈夫衬衫的尺码。同时他还使一家大百货商店的经理觉得自己已成为一个办事的能手了。

除此之外，便是忠诚了，他是惯于苛求的人，对自己对别人都一样，他要求别人最重要的品质是绝对的忠诚，不是传统意义上的忠诚，也不是像杜勒斯所要求的那种一般的忠诚，最重要的首先是对他林登·贝恩斯·约翰逊个人的忠诚。这样一来，约翰逊就成为忠诚不忠诚的裁判人了。他总是能知道谁对他不忠诚，在华盛顿，谁的情报网也没有他的灵通。他还喜欢把什么东西都说成是他的：他的人、他的班子、他的小家伙们、他的轰炸机。一个年轻的空军下士指着一架总统专用的直升机说：“总统先生，这是您的直升机。”约翰逊当然这样回答：“这些全都是我的直升机，我的孩子。”

而在遥远的腥热的东南亚，生性好战的威斯特摩兰将军并不知道，一场前所未有的严重危机正在悄悄地迫近。在越南战场上，任何头脑清醒的美军将领都对“战争正进入收尾阶段”

此类的豪言壮语感到忧心忡忡。迄今为止，侵越美军虽然拥有绝对兵力和技术优势，但从未全歼过任何一支北越正规军和越南南方游击队的主力部队，而他们的各种袭击和破坏活动仍然有增无减，让美军和南越军束手无策。

同样，战局僵持的双刃剑也伤害到了北越，假如在好斗的威斯特摩兰将军指挥下的美军卷入越南的时间再持续一年半载，南越民族解放战线的力量将会严重受损，广大军民的士气会有所下降，而要扭转这种不利局面，就必须选准时机对美军进行一次猛烈的打击。这念头多次出现在武元甲大将的头脑中，他正悄悄酝酿着一个计划。

这个秋天注定平凡，雁南飞，游蛇归穴。这个秋天注定不平凡，奠边府之虎武元甲又显示出他性格坚毅、绝不服输的本色，他准备放手一搏，给美军致命一击，来瓦解华盛顿政府继续在越南进行战争的意志，同时还要一举戳穿西贡政府虚弱的本质，使它加速垮台。将军决心采取速战速决的策略，在1968年总统大选的时候狠狠地刺痛一下狂妄自大的美国人的神经；而我们约翰逊总统忠实的幕僚们，正在酝酿着一个更大胆的计划。这个计划足以改变一切,而在这计划未被抛出之前，总统简直烦透了。

他前所未有地感觉自己十分虚弱，战争不仅使他的信用扫地，而且使他一筹莫展。他倡导要实现“伟大的社会”，但事实上从来没有把它建立起来。他穷于应付战争，根本没有时间和精力从事改革官僚机构，也没有时间和精力来经常施压促使实现“伟大的社会”；他也不是一个善于组织的政治活动家，他使民主党处于涣散；通货膨胀日益严重，而在全国种族关系发生急剧变化的时候，通货膨胀当然无助于缓和种族紧张，约翰逊在黑人中的地位没有得到巩固。他在国会里搞的民权立法比历史上任何一位总统搞得都多，范围更宽，这使他得到老一代中产阶级黑人的爱戴，但这种爱戴不是一种看得见的事情，而看得见的却是比较年轻和更好斗的黑人的强烈愤怒。他们不仅对约翰逊的领导不满，而且也对他们自己传统的领导领袖不满，他们正忙于把和平运动同过去的民权运动结合起来。1967年秋天，全国似乎越来越混乱，一个抗议带来另一个抗议。

约翰逊是特别喜欢控制事态的，哪怕是最小的事态，可是现在他却对整个国家失去了控制，他在唯一能使他恢复对国家控制的问题上把自己的手脚缚住了。

曾有一位年轻的越南专家说过：“越南是一剂毒药，触者无一幸免。”现在几年过去了，毒素已经深深地渗透到血液组织之中了。

沮丧的情绪正在蔓延，在空军参谋长的汇报会上，通过数字可以清楚地看到事物的本质，即美军空军人员冒着很大的生命危险，而得来的收获却很小，情况同昨天和前天完全一样。日复一日地进行冒险，结果只不过在胡志明小道上搞了些像牙签那样小小的破坏。危险是有的，但目标确实找不到，会议上流露了泄气的情绪，将军在汇报结束后坐在那里，两手抱着头，说道：“我无法表达我的情感……我真厌烦透了……我从来没有搞得这样泄气过……我真厌烦透了……”

然而西贡却似乎是个独立的肌体：调子高、有信心、很乐观。美国大使馆感恩节晚宴的请柬上居然写道：“隧道尽头，光明在望，敬请驾临。”

隧道尽头的光明是谁的呢？约翰逊心里越来越明白一切都不对头了。

对方并没有被搞垮，因此对他来说，只有一件事情还起作用，那就是对方的胜利总是不明显的、不具体的，他们不占领地盘，神出鬼没，从来看不到他们的力量。

而华盛顿的愤怒情绪越来越险恶，白宫就像一个堡垒，安全措施也越来越严格。约翰逊知道群众的愤怒和批评是针对他的，并具有强烈的人身攻击的成分。他对朋友说：“谋杀肯尼迪和谋杀我之间唯一不同之处就是我还活着，而这更折磨人。”

在堡垒里，约翰逊的几位助手劝他离开办公室多出去走走，他们写备忘录跟他说，即使示威者攻击或侮辱他，依然可以重振他的声誉，而把自己锁在白宫里是十分不明智的。但是特工人员则完全不同意，他们说那样做未免太危险了，因为他们从未见到过全国的愤怒和骚动竟如此强烈地集中在总统身上，他们不答应这样做。

就连约翰逊也不能有效地为他的战争辩护，战争本应把全国团结起来，弥合分歧，激励精神。约翰逊在他私下的政治评估中，是寄希望于此的。可是这次战争不同，它没有掩盖和弥合社会上的一般分歧，而是把分歧扩大了，裂缝变成了鸿沟。总统的助手们为了寻找聊以自慰的先例，翻阅了富兰克林·罗斯福在第二次世界大战期间的演说，他们惊讶地发现这些演说充满了血腥气："日本鬼子简直就是野兽，必须像消灭野兽一样消灭他们。"相反，约翰逊却不得不克制，他每过几分钟就得声明一次说他无意搞垮河内。

可是，既然发动了战争，就必然造成胜利的幻想。战争是不可能在发动之后半途停下来的，威斯特摩兰将军和太平洋战区司令要求更多的部队和更广泛的轰炸目标；文官则要求加以更大的控制，有限的战争带给约翰逊的痛苦和为难却并不是有限的。

军方要求继续猛烈轰炸河内和海防，封锁海港，摧毁这两个城市的工业潜力，并提出证据，用以说明这种办法可以使战争更快取胜，虽然凶猛，但从长远看会少死一些人。干得狠常常就是干得对，为使这个论点更加动人，一个高级军官带来了估计数字,用以列举如果不使用原子弹而是直接进攻日本本土，可能会多牺牲多少美国人的生命，甚至举出了具体数字——使用原子弹的结果是少死了七十五万人。约翰逊对此深感兴趣，他问那个高级将领，他们怎么得出了这个数字。

答案很简单。他们说五角大楼里有几个聪明的青年把有关过去登陆和战役的情报放进电子计算机里，就算出了这个数字。总统要求见见那几个搞估算的青年，当这些青年被引入约翰逊的办公室时，总统似乎对他们的研究方法很感兴趣，谈了一阵子之后，对他们说："我还有一个问题是不是也可以放进你们的计算机里算一算，如果我也采取类似行动的话，五十万愤怒的美国人爬进白宫的围墙，来吊死他们的总统，需要多少时间？"

八

河内的范文告诉《纽约时报》的哈里森·索尔兹伯里："索尔兹伯里先生，你们美国人还要打多久？一年、两年、三年、五年、十年，还是二十年？我们乐意奉陪。"战争就这样继续下去，美国的空中力量以极大的耗费维持住南越不致溃败，但和平丝毫没有临近。局势依然进退两难，时间对北越有利，美军一直处于这样的境地：不能胜利，不能撤军，不能把美国战俘弄回来。只能拳打脚踢，只能轰炸。但就是不能把他们的意志强加于越南，但约翰逊总统一直坚持着，并没有由于失败而调整目标。

就这样，战争撕裂着这个国家，麻木不仁似乎代替了早期的愤怒。美国人民正在发现，在隧道的尽头没有亮光，只有更加阴沉的黑暗。

千百万美国人民渐渐看清楚了敌人的忍耐力、持久性和坚韧性。尽管有像威斯特摩兰将军这样的乐观主义，但关于陷入困境和战争无法取胜的谈论仍不断出现，弄得总统怒火中烧。

"这些关于陷入困境的鬼话有什么意思？什么困境？那一

群记者懂得什么战争？”

然而很奇怪，这些谈论的来源正是他自己的军事机构，沃利斯·格林将军在一次介绍背景的汇报会上对一些记者说，越南战争实际上已陷入困境，我们需要动员，我们的努力还不够，我们必须赶上去，有六十万人就行了。他说：“在 1964 年我对他们说需要四十万人，他们都认为我疯了。其实我搞错了，我们需要六十万人。”

“不如放手一搏。”邦迪和腊斯克一同求见约翰逊总统，并且抛出了他们的观点。

“我曾经抱有幻想，希望你们与别人不一样。”他突然走到他们的面前，精神焕发，目光炯炯，“从某种意义上讲，你们的确跟别人不一样”。

“也许我们应该曲线救国，做些别的重要的事。”

“真理，或者说拯救，或者说舍身救世。”约翰逊总统边说边用犀利的眼神扫过他们的眼睛。

“欧洲人认为越南战争是一个可怕的错误，不仅严重削弱了美国海外经济，更拒绝了再向越南提供帮助。”腊斯克说。

“我知道，我的处境好比雹暴下的一只长耳大野兔，必须屁股朝天走路。”

“我们已经低估了去年和今年的战争消耗，陷入不断加剧的通货膨胀旋涡，眼下是本世纪美国最严重的持续通货膨胀时期的开始。”腊斯克说。

“但是我们可以尝试着去改变。”

麦乔治·邦迪是一个理性主义者，但是在这个时代理性主义的局限性已很明显，他认为需要重新鼓舞起政治上的人道主义。此外，他还是个擅长办事和讲究程序的人。但战争改变了这一切，不仅玷污了他个人的声誉，也使优秀人物按照自己的思想治理国家的权利受到了严重的打击，弄得他以后不便于公开去赞成一种主张或一个候选人。

而迪安·腊斯克相信必须通过共同安全的办法，在世界各地进行强大的政治、军事干涉，以限制极权主义者。可是，越战使人们对力量的限度有了新的认识，最起码的是新一代美国人看不出民主国家和极权主义国家有什么区别，这场战争改变了美国外交政策所有的传统方向。对腊斯克来说，这比他个人受到责骂要更加痛苦得多。

以为能够对付世界上各种挑战并抓住各种机会的约翰逊，虽然对自己所走的道路有不少的怀疑，但是由于他的本能，由于他对美国政治的判断，由于他认为他不能不考虑别人对他的看法，所以他找不到摆脱困境的办法。他和他周围的人希望得到具有坚强品格的声誉，但这里所说的坚强勇敢，只是那种匹夫之勇，比如对一个小国打一场可望是干净利落的战争，而不是那种内在的勇气，即那种甘冒相当大的国内政治风险、不怕孤立、敢于把真相告诉全国的勇敢精神。

1968 年 1 月 21 日 5 时 30 分，越南人民军以远程火炮的射击开始了对美国溪山基地长达七十七天的围困。对于美军来说，北越军的炮火密度前所未有：一百三十毫米加农炮，一百五十二毫米加榴炮，一百二十二毫米火箭炮以及步兵六十毫米、八十二毫米的迫击炮，他们几乎集中了所有的火炮，一天时间内就将一千五百吨炮弹倾泻到美军阵地上，将阵地上的防御设施炸了个稀烂。在炮火的掩护下，人民军步兵如潮水一样扑向溪山。

第一天的炮击使驻守溪山基地的海军陆战队十八人丧生，四十人受伤，一个弹药库被击中，上千吨爆炸物在一团灼热的火球中化为灰烬。《纽约时代》记者道格拉斯·罗宾逊在描述溪山战况时说："那是个被爆炸和死亡笼罩的可怕之地。"幸而陆战队指挥官朗兹上校是经历过太平洋战争的丛林战老手，他指挥百门大炮拼命反击，挫败了北越军对高地的进攻，初步稳住了阵脚。

但是飞向溪山基地的炮弹似乎直接落在了华盛顿，媒体、公众和约翰逊总统都担心在溪山出现血流成河的大灾难。约翰逊宣称："全国的眼睛、全世界的眼睛都在注视着坚守着溪山要隘的英勇的保卫者。"但传言令人恐惧的"奠边府之虎"武元甲将军再度出山，亲临前线在山里的某个地方指挥着这场围困战。

在白宫椭圆形办公室里，两眼发直的约翰逊坐在旋转的安乐椅上，死死盯住三个特大型电视屏幕，屏幕上显示的是美国电视网有关越南战争的重要节目，包括三千五百名美军海军陆战队官兵和二千一百名南越军别动队官兵被围困在自己设置的带刺铁丝网内的画面。

为此约翰逊让人在白宫的地下室建起了溪山的模型，参谋长联席会议成员则向他解释奠边府战役不可能重演的原因。约翰逊要求参谋长联席会议的将军们“用血签署”保证溪山不会陷落的正式报告。一想起奠边府战役的结果，约翰逊就不寒而栗。他让参谋长联席会议主席厄尔·惠勒上将通过电话传达了总统的担心，威斯特摩兰却说：“让总统别为溪山担心，我一点儿也不为它担心，如果有什么不幸的话——我想不会——那我负全部责任。”

约翰逊抚摩着听筒停了一会儿，他努力让自己镇定下来，他了解威斯特摩兰将军，更信任他。

“我说将军，你想到了吗？我觉得我们是否面临着许久以来历史编纂学上最伟大的发现？”

“总统先生，您没有把话说清楚。”

“如果溪山失守，北越军将像洪水一样涌来，冲垮我们的封锁线，越共将完全控制南越北部的几个省，这对美国和南越政府来说，无疑是一场政治灾难。”

威斯特摩兰将军等到总统把话全部讲完，就大胆地做起了解释，做起了推测，做起了假设，还对余下的插曲、可能出现的蛛丝马迹，以及将对时代增加的光彩做了进一步的推断。

“对不起，总统先生，这事既然在您心里压了那么长时间，现在您就没有必要说开场白了。我可以向您保证，在我们的空中打击下，北越军无论在地面上投入多少兵力也攻不下溪山。”

“这很好！”

威斯特摩兰将军与约翰逊总统不同，面对北越军的猛烈攻势，威斯特摩兰一方面感到震惊，另一方面却有些欣喜，他认为武元甲发动规模如此之大的攻势正是他所希望的，他的这种攻势持续时间最多不会超过几个星期。从越南战争开始到现在，最令将军头痛的就是北越军民的游击战，忽东忽西，忽聚忽散，使美军疲于奔命却逮不到他们的主力，这次北越军集中如此大的兵力与美军决战，无异于弃长扬短，正中美军下怀。威斯特摩兰决定抓住这次千载难逢的机会大举歼灭北越军。

巧合的是，越南人民军也把溪山看作消灭对方有生力量，打击对方士气的主战场。武元甲的意图是“围点打援”，在大量消灭美军援军后，全歼溪山守军。美军则希望在溪山长时间拖住越军，以杀伤其有生力量，最后伺机以重兵对北越主力实施反包围并彻底围歼。

正是双方的这种意图决定了溪山之战的惨烈。

约翰逊的心情并没有因为威斯特摩兰的志在必得而稍有舒缓。溪山围攻之战，在他已经焦灼的心坎上又笼罩了一层受到威胁和心中无底的阴影，当他踏上白宫那空无一人的走廊时，两侧的墙上还残留着夕阳最后的余晖，此时他的心中充满了烦恼，渴望着响在他心灵间的那节奏清晰的马蹄声和吱吱呀呀响在得克萨斯草原上并不悦耳但使人心绪平静的车轮声。

可今晚白宫有一个人让约翰逊感到心情愉快，他似乎是一个时代美国军官的典型，为人克制、品德优秀、才能卓越。虽然白宫是个争宠附势的名利场，不是真正发展情义的地方，但他例外。

九

《纽约时报》的“新闻人物栏”曾发表过一篇他的素描：“泰勒将军曾引用了纪元前希腊历史学家波利比乌斯的话——‘战争的目的不是歼灭挑起战争的人，而是要使他们改过从善。’将军的引证之所以表明了他的性格，是因为他久以军人学者著称，他对波利比乌斯和威吉尔同对恺撒和克劳塞维茨一样熟悉。”

林登·约翰逊认为同他在一起感觉很轻松，认为他就是那个使人恢复信心的人物。这没有什么奇怪的，他擅长思维又经验丰富，能够很好地安抚心灵。说实在的，他甚至代表某种超越他本人的东西，代表美国军人的那种信念——认为美国军人是世界上最优秀的军人，欧洲平原和南太平洋丛林的作战史撑持着美国军人的这种信念。在朝鲜同中国人的战斗，回顾起来在他们心头也越来越像是次胜利，他们相信他们现在正处在巅峰，固有的英勇加上新的技术。他们是不会在前进的道路上被一支小小的农民革命军队所阻止的，在美国是不会的。

“今天是星期几？”

“星期二。”

“噢，还有五天时间。”约翰逊看看时钟又看看黑黢黢的窗外，“我常常觉得军事领域也得像其他领域一样，只有胜利才能使人信服。”

“在国外，美国武力和美国军事概念的优越性，是被人们作为理所当然的事情来接受的,但在国内则没有完全地被承认，或者只能得到勉强的承认。在国外，我们的武装部队在第二次世界大战和朝鲜战争中的成功，以及我们的武力在古巴危机中所表现出来的那样明显的威慑力量，已经迫使人们认识到美国军事这个首屈一指的地位。”

今晚的约翰逊有着重要的心事，他认为泰勒的到来，是个好兆头，他总能在他的身上看到自己最美好的一面。他不仅令他信心百倍，也让他头脑灵活、思维敏捷。他对将军说：“军事领导的责任问题使我们美国人感到惶惑不安。作为一个民族，我们仍然是那些所谓骑马的人和所谓军人对民主的危险这类陈词滥调的俘虏。我们弄不清军人同军国主义的界限，爱好和平同和平主义的界限。我们也许还得在走向成熟的路上继续前进，才会在国内得到全心全意的承认——承认我国继续需要一个庞大的、受敬重的军事专业，正如需要工商界、自由职业者、科学家、牧师和学者一样，山姆大叔已经成为一个世界著名的军人了，不管他本人想不想这样。”

今晚国库的黄金储备已经打开，正秘密运往几个交易所，约翰逊料想自己一定会神不守舍、坐不暖席、睡不安寝。可现在他在他的办公室，正与泰勒将军神采奕奕地交谈着。

泰勒说：“美国人虽然喜欢夸耀自己的一切成就，算不得是一个谦虚的民族，但是过去却很少有人夸耀美国军人的成就，尽管成就是那么伟大。”

这到底是民族的荣耀还是心灵的荣耀？这两种荣耀哪一种更重要？

约翰逊总统无可救药地带着被劈成两半的心与泰勒谈笑风生，一半是视战争为欢宴的勇士的放声大笑；一半是带着羞愧与反省，仿佛犯下了一桩负疚的罪行。然而不管怎么说，约翰逊又一次摆脱了奴役他灵魂的幽灵，又一次逃离了想象中的牢笼。

趁泰勒将军不注意，他对心底的另一个自己说：“约翰逊，你现在最好当心你的心脏，不然，你就可能令它永远破碎，你好好管管这些残酷而疯狂的蹂躏吧。”

但事到如今，他已经很难驾驭这匹脱缰的野马，它像洪水一样正一泻千里，神不知鬼不觉，像深夜的一场泥石流灾难，它是否能够朝着希望的方向归依，实在难以预料。

泰勒摊开一幅地图，这是一张溪山的军事地图，底下一片油绿，像置身于强烈的阳光下，树冠是生机勃勃的一片绿，河流波光粼粼。约翰逊仿佛第一次身处真正的丛林，这是他从未见过的灌木丛，柔软且呈深深浅浅的绿色，看上去很潮湿，似乎探近身子就会滑下去。

“将军，你怎么不说话啦？这个地区我非常熟悉，你为什么不问问我？”

“等我做好了准备，我会问的。”

“对溪山基地的围困会让人想起发生在1954年的法越奠边

府之战，彼役，法军守备部队的投降标志着越南反殖民斗争的最后胜利，历史往往会出现惊人的巧合，现在包围溪山的北越军队一部——北越解放军第三〇四师——曾作为主力部队参加过奠边府战役。我不想看到溪山成为第二个奠边府。”

“这更是一场心理战。他们最大的胜利就是从心理上战胜了我们，让美国民众不再相信您关于‘胜利即将到来’的承诺。因为这足够让您焦头烂额。人们会说那儿到底怎么啦？我原以为我们就要赢得胜利了。”

“可是您一直很乐观，您知道我们有全世界一流的部队。”

“我当然清楚，我更清楚现在比以往任何时候都更加确定，发生在越南的这场血腥经历将在僵局中终结……唯一理性的出路就是进行和谈，不是作为胜利者，而是作为一个忠实履行其曾做出的尽力保卫民主诺言的诚实的人。”泰勒这样说会惹约翰逊不开心。但是今天他例外，他若无其事。

“我想若在光荣和勇敢上再增加些智慧，我就不应该从政，我应该在得克萨斯草原上做一个骑士。”

日出前她把他埋葬
我不知身在何方
去向何处
然后生活　然后死亡
愿上帝赐予每一个骑士
好鹰　好犬　好情人

我们的敌人没得选择
他们出生在战火纷飞的土地上
我想成为牛仔
不想成为军人
唱着民谣唱着民谣唱着民谣

“政客就是最好的骑士，可以把民众从绝望的低谷救回来，让他们享受到无止境的繁荣。”泰勒将军对约翰逊总统说。

约翰逊对泰勒的言辞深信不疑。因为他把全部的希望都寄于一场秘密的游戏之中，接下去的几天，将是世界几大金属交易市场最黑暗的几天，黄金价格的惨跌会接近恐慌的程度，到处都是黄金，可卖不出，因为没有人想买它。他很想亲眼看到投机者是如何在疯狂中破产,像抽干了空气的玻璃罩中的老鼠，大口大口地喘息，一点点走向死亡。

十

1968 年年初的几个星期内，约翰逊在不动声色中，接受了一群国际银行家近乎疯狂的建议。美联储的全部黄金储备就这样被押上了这场规模空前的赌桌。

为此约翰逊认为，他这一届政府在各方面都将是完整无缺的，都是符合公众利益的，他们正处在历史上一次伟大的变革中和东南亚战争的尾声，对战争造成的困扰希望得到民众的宽恕；而对于他个人而言，会有许多礼节上的不周之处需要大家充分谅解，这种礼节上的欠缺，到目前为止是在所难免的，做大事者不拘小节嘛。

他喝着兑了朗姆酒的咖啡，信心倍增。真想走出白宫，对全体民众抒发一下他的胸臆："我没有什么可以奉献，有的只是勇气、力量、智慧和汗水。"

当然他还想说得更多一些，譬如："摆在我们面前的，是一场极为严峻的考验。世界范围内的美元信心危机已经到警戒范围，我们要重拾世界对美元的信心，一劳永逸地解决黄金对美元升值的问题。如果一切顺利，英格兰银行和美联储银行将联手海量抛售黄金，待彻底打垮黄金买家的人气之后，再以低价逐渐买回黄金，神不知鬼不觉地把黄金还回金库，这实在是一个天衣无缝的计划。"

"若是你们问，我们的目标是什么。我想我只能用两个字来回答你们——胜利——不惜一切代价，在全世界的任何地方，去赢得胜利，无论多么困难，无论多么可怕，无论道路多么遥远和艰难，都要赢得胜利，因为没有胜利就无法生存。"

当然，这些话是不能公开宣讲的，但他自己却因此受到了鼓舞，一种世代相因的强烈欲望和动力，让他精神焕发。

会有一个完结的。

战争持续了这么久，我们中的不少人似乎已经忘记了越南战争开始时那种暗火闷燃的郁结，但是林登·约翰逊永远不会。嬉戏是愉快的，非难更为愉快，当然，最为愉快的莫过于怜悯，因为它结合了其他两者的快乐。怜悯他人，这是在体验一种极致的快乐，这与在教堂祷告时眼中流出的热泪毫无二致。这种热泪从不带有哀伤，因为他了解和把握一切事情的走向，我们尽兴体验它，正是一种幸福。

历史学家总喜欢在一旁打盹儿。

会有那么一天，越南战争只不过是某一页中一个小小的注脚。而现在，不，在这之前我差点儿被它弄得焦头烂额。当然，一旦抓住了轴心——黄金，那么一切事情就变得简单。

且让我们非难那些曾认为自己辉煌无比的时代，公元前4世纪，意大利的1492年，世界各地的1912年。一个大国的总统，必须有比现实更宽泛的眼光，事实证明那些曾经的兴奋不过是起哄，过去的美妙不过是苍白，毁灭的预兆还笼罩在头顶。但至少我用不着被绞死，我没有任何时候比现在更能确定自己还活着，如此清醒地活着！

令约翰逊总统极度惊骇的是，市场吸收了全部黄金卖盘。

突然之间，约翰逊变得不怎么讲道理了。他是一个精明的政客，知道什么地方错了，他陷入了怎样的困境，这对他的梦想意味着什么。但是他是不能回头的，不能承认他犯了错误。他是输不得的，因此他必须勇往直前，前景是可怕的。约翰逊知道他处在进退两难之中，他知道一旦公众了解到真相，他就无法玩弄那些数字了，他越是了解这一点，他就越要把事实包藏起来，把它们掩盖起来。

他深深知道，如果他自己表示任何怀疑，如果他向自己承认了真理，那么真理就会变成现实，他周围的人也会感觉出来，而他就不得不按照自己所相信的一直干到底了。因此他同真理进行斗争，只有很少的情况下，他才承认自己估计错误，当人们用计算机向他表明二加二等于四的时候。

他忘记了最基本的政治原则是人们从不按照你所希望的那样做出反应。然后他用一种宿命论的语调谈到他们为自己设置了陷阱，并几乎悲哀地呼唤需要帮助。但是这样的情况是极少有的，完全是私下的，随之而来的往往是对任何批评者的狂怒，哪怕这些批评者只不过是对指导这个国家的政策和方针表示最温和的怀疑。

他不再是进行领导，而是作茧自缚，仿佛到处都看到了批评者，批评者变成了政敌，政敌变成了卖国贼。之前一直那么友好的新闻界，现在充满着敌人，紧追着他咆哮。约翰逊意识到，他在国内计划中打算做的一切，他对历史的贡献，正在消失，这使他怒火中烧。

如果还有什么特别气人的事，那就是事情如此不公平，胡志明可不像他那样步步受到政敌捣鬼，这是一场不公平的战争。但他被卷在里面已经出不来了，这场战争早变成了约翰逊的战争，成了他个人的战争，他的士兵驾驶着他的轰炸机，他的士兵在睡梦中被杀死。他的整个政治生涯，三十余载的出色业绩，都系于一个问题上，战争，真是孤注一掷啊。

在唯一可以为他挽回信心的金融之战，美联储损失六千三百吨黄金，国际黄金互助基金已陷入崩溃的边缘。

而在越南战场上，越南游击队对南越三十个省的省会同时发动了大规模的进攻，甚至占领了西贡境内的一些重要目标，顺化古都也被攻陷。总统的一些顾问则认为，这次春节攻势看似北越取得了政治上的胜利，但是从军事角度来看却是北越的最大败笔，游击队放弃了自己擅长的飘忽不定的打法，而集中主力与美军打起了阵地战，在美军优势火力之下，游击队伤亡惨重，如果美军对业已失去游击队掩护的北越主力部队进行大规模进攻，越南战场的前景可能会根本改观。然后令人扼腕长叹的是，约翰逊放弃了这样一次机会。此时的约翰逊在金融战线上的惨败，已经使他丧失了坚持越南战争的底气。

十一

1968 年的春天，河内使白宫显得格外愚蠢。

总统的地位已经十分虚弱，战争已成为围绕着总统职位的中心问题。越南战争不仅使他信任扫地，而且使他一筹莫展。

自由派已经成了社会沮丧和痛苦的一部分，他们感到无能为力。约翰逊是个自由派民主党总统，不能把他搞垮，他们在政治上没有真正的第二条路可走，虽然他暗地在黄金市场受到了重创，但由于神话还在起作用，没有人能把自己党的现任总统拉下马来。

国防部的文官们在过去的一年里提出了越来越多的证据，用以说明他们承担的义务是劳而无功的，体系分析局做出的研究表明，轰炸没有效果，在战争大部分时间里北越的国民生产总值仍按战前的速度每年增长百分之六，国防部的文官断言，轰炸失败了，而消耗战略也同样失败了，虽然经过了几年的猛烈战斗，但他们几乎丝毫没有触动他们。而在美国，权势集团已经开始反对战争，战争对他们损害多、好处少，而且局面无法控制，现在是使它恢复平衡的时候了，战争损害了经济，分裂了国家，促使青年起来反对美国的优良传统。

当参谋长们重新提出威斯特摩兰关于增派二十万零六千士兵的老要求的时候，阿瑟·戈德堡不顾另外一些人的大肆嘲笑，几乎单枪匹马地驳倒了军方提出增派二十万零六千士兵的要求。

一个军官报告说，对方在春节攻势期间死了四万五千人。

于是阿瑟·戈德堡问道："我们自己的受伤与阵亡的比例是多少？"

那个军官回答："七比一，因为我们用直升机救回了许多人。"

戈德堡问："在2月1日春节攻势开始时敌人的兵力是多少？"

汇报人回答："在十六万到十七万五千人之间。"

戈德堡问："他们的受伤与阵亡的比例是多少？"

那个军官说："我们认为是三点五比一。"

戈德堡说："那好，如果您说的是真实的，他们就没有什么实际的兵力留在战场上了。"

在他说完之后是长时间的可怕的沉默。

此刻遥远的东南亚，正沉入无边的黑夜，那些被战火逐出它们在灌木丛中的窝巢的小鸟返回了，它们飞旋着、悲啾着，仿佛找不着家。月亮像一只盲人的白眼悬挂在东边天空。一群群豺狼跳着小欢步得意地登场了，有这黑幕的掩盖，有这盲月的照明，它们要大快朵颐，尽享一餐人肉的盛宴。

约翰逊彻底失败了，他那班人也都落得同样的下场，他们自命不凡，不肯考虑和接受历史的教训，他们认识到反共十分重要，不反共非常危险，他们认为美国是光荣的，是 20 世纪万能的国家。正是这些信念使他们贸然冒进，他们把自己看成是美国，能对付世界上各种挑战，并抓住机会。在某种意义上说，约翰逊看得更清楚一些，他对自己所走的道路有不少的怀疑，但是由于他的本能，由于他对美国政治的判断，由于他认为他不能不考虑别人对他的看法，所以他找不到摆脱困境的办法。他根本不想让本国人民过问他所选择的路线，他自以为知道正确的途径。从开始就愚弄公众、国会和新闻界，不肯老老实实地说明为什么要卷入战争，已经卷入多深，花费了多少钱，以及仗要打多久。当事实证明他们的预测完全错了的时候，当公众和国会不甘于受愚弄并对战争感到厌恶的时候，他们就恼羞成怒起来，反唇相讥，批评这些人缺乏骨气、韧性和信仰，但就是不肯公开承认他们的估计错了，似乎那不是他们的过错，而是国家的过错，是国家辜负了他们。

他的夙愿是当 20 世纪国内建树最伟大的总统，结果他不由自主地成了一个战争总统，而且还不是一个得力的战争总统。

根据以往可怕的经验，约翰逊总统知道接下来会发生什么。当然，一切或许都很平安，但到底会发生什么事呢？好像总有不祥的征兆一直在困扰着他，让他感觉意外随时都可能发生。

他早已不再期待奇迹了，过去他英俊优美的体态、激情如织的思想，为他燃起精神的火焰，通过精神感应的纽带温柔地和他拴在一起，现在，他渴望得到他新的激情，但他从来对这种激情的危险性毫无察觉。厄洛斯的火炬在这无知的灵魂之中燃烧，他像那呆子帕西法尔一样英勇无畏和浑然不觉，他俯身凑近那中了毒的胸口，舔尝了造化的神力，最后只有夕阳带来了痊愈——实在来得太晚，在暮色四合的最后时刻，他终于离开了白宫。

十二

6 月 15 日傍晚，他在他的得克萨斯农场写了一篇文章准备留给世人，他希望大家不要过度猜测他的困境。

> 我记录下来近年来发生的一切事情，我所叙述的都是真实的，现在，我觉得自己虚弱得快要死了，几乎没有力气写东西了，但我一定要把这些事情记下来，哪怕因此而被累死。
>
> 即便如此，你们中的任何一个人都能认出我这个傻里傻气秉性狂放的牛仔，不谙自己的力量，再

一次在阴沉抑郁的60年代初的人们心中唤醒了生机勃勃的勇敢的力量，再一次在许多人灵魂中点燃了厄洛斯由于疲惫业已倾覆的火炬。我喜欢我的奔放激情，把它看成我这个年龄获得的最为神圣的惊喜——我同时浑身战栗地认识到，合众国自由的意志在这里向我逼来，何等强劲有力……

这时，外面的灌木丛中传来一阵狗叫声，而且声音比平时更大，更激烈。约翰逊走到窗前向外望去，但是除了一只大蝙蝠正在用它那双大翅膀敲打窗户以外，他什么也没有看见，毫无疑问，它是被屋里的某些动静吸引过来的，尽管屋里的光线很暗，他又回到书桌前，准备继续写下去。

现在，我内心很平静，这是久违的，像久违的东风吹散了天空的阴霾，明媚的阳光再现一样。不知为何，我突然觉得得克萨斯才是我真正的归依，我能感受到它给我的温暖与自由的力量。人在病痛和虚弱的时候，都是非常自私的，这时候，他只关注自己的病情，只同情自己，但人在健康和拥有力量的时候，则非常博爱，而且健康和力量可以让我们在自己的意愿内自由飞翔。现在，我知道自己想要的东西是什么，我的确不能有效地为我的战争辩护。

不久后约翰逊又听到窗外有奇怪的声响,这回他叫来了管家。

“为什么外面总有奇怪的声音，一向如此吗？”

“可能快下雨了吧。”管家回答。

“今天是阴天。”

得克萨斯草原上空那层厚厚的云层将月亮全部遮住了，到处都是灰蒙蒙的，只有草地是黑青色的，就像是石灰岩层里嵌着一颗深色的大翡翠一样。

“也许是埃贾农场的马。”

“帕勒姆老人的马？怎么会在我家门口？”

“总统先生，老人不久前过世了。”

“噢，是吗？这消息令我沮丧。”

“上帝保佑他，他肯定可以睡个好觉了。”

“我想去埃贾农场看看。”

“现在吗？”

“是的，去帕勒姆老人的墓地看看。”

“现在？”

“不可以吗？”

天已经很黑了，星光零零星星，整个夜显得漆黑一片。

当然，约翰逊认识路，他一直毫不犹豫地往前走，管家提着马灯，用来照明。

埃贾农场的气氛有些怪异，管家费尽周折找到了帕勒姆老人的墓地，约翰逊打开那扇嘎吱乱响的门，然后，他后退一步，非常礼貌地示意管家，他这个下意识动作非常奇怪，好像是在恭请别人先去面临危险。

约翰逊跟在管家的后面走进了墓地，确定了门锁是明锁而不是弹簧锁后，他便小心地关上了门，然后他从袋子里拿出一盒火柴和一根蜡烛，点亮了蜡烛。管家下意识地把马灯往约翰逊站着的地方凑过去。

“帕勒姆下葬的时候是白天，当时坟墓里到处都是鲜花，看上去非常庄严肃穆，但现在已经过去好几个月了，鲜花都已经凋谢了，花瓣也都腐烂了，绿叶也都枯萎了。”

到处都是甲壳虫和蜘蛛，烛灯摇曳，整个坟墓看起来异常灰暗，石膏上全是灰尘，银饰和铁器都已黯然失色，整个场面看上去是那么凄凉和污秽，令人难以想象。

看来，随着时间的推移，不仅仅是生命会凋零，万事万物都不例外。

约翰逊举起了蜡烛，这样就可以看清墓碑上面的字，蜡烛油滴在黑色的大理石表面，凝结成点点的小白块儿。

浓重的乌云慢慢移动，乌云边缘有一道细细的光束射下，锋利似剑，坟墓和整个野地渐渐清晰起来，今晚是满月，月亮又大又圆。墓碑上写着这样几个字：“快来闻一下，这就是死亡的味道。死亡来了，它就在空中。上帝啊！我会愉快地迎接死神的。”

约翰逊离开了墓地，呼吸着外面新鲜纯净的空气，看着天空流动的乌云，还有从云层中透出的月光，觉得非常惬意。

就像刚经历了一世的悲欢离合一样，尽情享受着没有死亡、没有腐烂气息的空气。草原的地平线以外隐约的红光传来城市的嘈杂声，昭示着这个世界的存在。

然后，他打算出门走走，改道去看了邻居帕勒姆老人破旧的屋子，天色已暗，他并不能看清楚什么，屋子像一个空洞的符号，只有一个影子在门廊地板上晃动，缓慢、无规则，也无定位。约翰逊知道，那是门廊角的檐下垂吊下来的一盆石刁柏草在轻轻摇动着。当然他还知道窗户上可能还悬挂着金星，桑德鲁——帕勒姆唯一的儿子阵亡的荣誉标志。

这样的夜晚，行走在一望无际的草原上，可以爱干什么就干什么，本是一种惬意的、自由自在的、无拘无束的状态。可这天晚上，约翰逊什么都没干，他觉得月色照进了黑夜，让空气显得有些挤，一直挤着了他的肺叶。

“还要去些别的地方吗？”管家在暗示他已经快到家了。

“什么地方都不去了。”约翰逊觉得自己对周遭有些无能为力，自己的优越感越来越少了，并且总感觉在这场人生唯一的竞赛中，有一样巨大的不可违抗的东西占了他的上风。

他万分疲倦地重新坐回书房的靠椅上，自言自语：“我还能感到自己比它高明吗？我还能再宽大一些吗？宽大和慈悲可是最崇高的人性。”

他继续自言自语，继续看报，继续无所事事。这时他发现一只没头没脑的小昆虫，大概是蚊子，飞过来坐在他的鼻子上，长翅膀的，伶伶俐俐，是个勇敢的小家伙。他迅速地把它撵走，它在屋里兜了个圈儿，研究了一些书籍，察看了屋子的宽度和长度，以及每扇窗子，又绕着灯扑翼而来，最后认定还是坐在躺椅上的“大畜生”最有趣，于是又转回来上上下下对他做了一番考察。

他再次把它赶开，它敏捷地飞走，然后又重新回来，大模大样地踞坐在他的手背上，他嘀咕道，够了，宽容大度总有个头儿，我已经两次给了你警告，我是个特殊人物，我讨厌陌生人无礼挑逗。我现在要判处你死刑，正义要求这样，法庭做出了判决，可以指控你的罪很多，你是个流浪汉，是偷窃者，当然你还私闯民宅，恶意挑起攻击，由于你这些和其他各种不端的行为，你现在就得死。约翰逊用右手给了它迅速而致命的打击，它却以一种傲慢而悠闲的神气躲过了一劫，这让他感到了羞辱，接着他用手、报纸向他猛扑猛击，并且跳上了桌子，在电灯周围诱捕它，直等它飞停下来，他屏声敛息地迎上前去，以迅雷不及掩耳之势进行攻击。

可是它气定神闲、神气活现地捉弄着他，就像一位手段高明的斗牛士巧妙地摆布着一头盛怒的公牛。它需要一点儿消遣，这个巨大的、昏昏欲睡的生物，看起来似乎无用又愚蠢，还有比被他追逐更妙的消遣吗？这样想来，约翰逊开始理解它的心情了，它不再仅仅是一只蚊子，他开始觉得自己要是仁慈的话，可以重新保持精神上的尊严，他又回到了自己的座位上，一边说：“死刑判决撤销了，我没法儿要你的命，我打算对你缓期执行，我就这么干。”

他拿起报纸，可它飞过来歇在边上的《时代》周刊上面，约翰逊说："蠢货，这下你落到我手里了吧，我只要从这份每周一期的令人肃然起敬的舆论喉舌的封面和封底同时来一巴掌，你就会变成一具尸体，直挺挺地夹在《和平的期待》这篇文章中间。"可我不会干这种事，我对你的惩罚已经缓期执行，我会让你明白我这个大动物的话是算数的，我估计圣方济会喜欢我这样的决定。仔细想来，我们都欠对方的情，这种情意是建立在生命的奇迹和它的谜之上的，谁都对自己的前途一无所知，谁都像稍纵即逝的幽灵。

不久后，约翰逊总统向全国发表电视讲话，宣布停止对越南北纬二十度以北地区的轰炸，在讲话的最后，他宣布了一个几乎令所有的听众都震惊的消息："我将不寻求，而且我也不会接受我所在的民主党对于我连任你们总统的提名。"

1968 年的冬天，白宫换了新主人，理查德·米尔豪斯·尼克松就任美国第三十七届总统，这位加州杂货店老板的儿子，曾以极为微弱的劣势败给了约翰·费茨杰拉德·肯尼迪。这年，不甘寂寞的尼克松东山再起，重新投身云谲波诡的选战之中，终于杀出一条血路，成功入主白宫。

在精心准备的就职演说中，一向以喜欢谈论战争和冷战斗士面目著称的尼克松，却以扮演世界和平缔造者的角色出现。他说："在经历了一个对抗的时期之后，我们正在进入一个谈判的时代。"接着，尼克松发誓"将把我在职的时间，把我的精力和全部智慧，贡献给国际和平事业"。让我们定下这样的目标，在那些不知道什么叫和平的地方，使和平成为受人欢迎的东西；在那些和平不巩固的地方，使和平巩固起来；在那些和平只是暂时存在的地方，使和平成为永久的东西。最后，尼克松说："我们经历了美国精神的漫漫长夜，但是当我们瞅见朦胧初露的曙光的时候，让我们不要诅咒尚未完全消失的黑暗，让我们促进光明的到来。"

当白宫外面的喇叭传出尼克松这些温情脉脉的语句时，正在抗议的示威者们简直不相信自己的耳朵，难道"鹰派"的羽毛之下，竟然掩藏着一只追求和平的白鸽吗？

远处的酒吧里传来鲍勃·迪伦的歌《答案在风中飘荡》：

答案，我的朋友，在风中飘荡
在风中飘荡

真相就像扔向空中的一张纸，没有人去抓住它，以至于没有多少人关注它、了解它。

至此，伟大的20世纪60年代结束了，所有死去的人都活在了故事里，一切结束了，一切又开始了。

第四辑

令人绝望的寂静

巨大的黑洞

——1940 年德法之战

人们说，胜利后的战场是一幅触目惊心的景象
因为这里有成千上万的尸首在烈日下腐烂
可是你须知道
一场著名的胜仗之后，一定要有这样的现象

——罗伯特·骚塞《布莱尼姆战役》

一

我必须去前线了。动身前的晚上，我准备去向伊尔泽道别，事实上我并不清楚她住的确切地址。我固执地认为，我应该会在某个路口遇上她。我爬上了坎特拉山，这是一个暖和的夜晚，夜色像一块柔软的布，我在它的包裹之下感觉很惬意，我翻过了那座小山。最终，我只在村庄的路边坐了半个时辰。因为，后来我觉得这样冒昧地去找她很不靠谱，也许她对我根本没什么印象。

我要的是这样一种感觉，我向她投去一瞥，她也向我投来

一瞥，我们相互理解。可我就是这样一种人，口袋里藏着我的感情，以便随时取用，有时候也会把这种感情掏出来炫耀，当然，只在我一个人的时候。

第二天一早，卡车来了，军官点名，我爬了上去，我们一个挨一个站着，紧紧地靠在一起，有几个迟疑不决，这些我能够从他们的表情看得出来，可是没有哪个人能够坚持不参军到底。克默希里也来了，她母亲不停地哭着，她是所有人中最不能克制自己的，克默希里因此有些难为情。短暂的停留之后，车子继续往前行驶，我出乎意料地平静，我们往昔的生活就此完全被切断了，其实我们还什么都没做。

我们将被送到战壕。我试着对此做一个概述、打个比喻，但并不很成功，我满脑子都是一些模糊的概念，这些概念把战争理想化了，甚至带着一些英雄主义的色彩。也许成千上万上阵的年轻人都像我一样，战争把我们教化了，每个人心中都有一种强烈的、具体的、相依为命的感觉。我感觉身边都是我的兄弟，以至于我一点儿都不觉得孤独与害怕。

卡车隆隆地响着，嘎嘎地向前行驶着，到处坑坑洼洼，就这样颠簸前行，好几次，我们差点儿从车上摔了下去。不过这倒没有什么，折断一条胳膊总比挨枪子儿要好受些，有些人还真盼望有这样一个好机会可以回家。

偶尔有运送军火的车子从我们旁边超车，他们吹着口哨与我们打招呼。我们卡车上一位长得像冬天的土拨鼠的新兵好像很在行："那是口径三十点五毫米的大炮，炮声能把我们的卡车轰上天。”

大家并没有什么表情，但其中一种隐晦的词义直接刺中了我们的神经，它在挑拨我们半苏醒的、抽象的感觉。也许这就是我们大家藏得最深、最秘密的东西，一种焦躁的不安、一种强烈的警惕、一种不寻常的感觉正在微微颤动并奋起抵抗。

“这些盖着茅草的一定是一百五十五毫米的榴弹炮，谁要是被这榴弹炮击中，一定粘在墙上抠也抠不下来。”我们感觉我们血液里都有一个触点，这个触点一下子被接通了，然后陆续有人蹲了下去。

“注意，前面有深弹坑……”很快车身剧烈地晃动着，震荡着、颤抖着的空气一下子向我们扑来，像电流通到了我们全身，把无名的神经都动员了起来。

对我来说，前线已经很近了，它是一个毛骨悚然的大旋涡，我已经感觉有一股强大的力量正缓慢地把我拖入那个深渊，无法逃避，不可抗拒，即使我表面上和大多数人一样还很平静。一抹刺亮的光射进我的眼睛，运送我们的军士长手中的枪管擦得锃亮。

我下意识地抬起头，我们头顶是蔚蓝色的天空，高射炮弹造成的灰白色烟雾正在慢慢地散开。我隐隐听到了前线低沉的炮火声，先是隆隆声，像远在天边的滚雷，接着是沉闷的轰响，在颠簸的车上仍能感觉到它的震动，最后一群花蜂嗡嗡地从耳旁飞过，把这些声音全给淹没了。

军士长摘下帽子，敲掉了烟灰。暖风拨弄着我们的头发，也拨弄着我们的思想。我开始挨个儿打量起周围的人，角落里，我居然看到了我们以前的历史老师卡特，一个严肃的矮个子男人。一刹那，一种强烈的压抑感迎来，但他的样子又活脱脱令我释然：一件宽大的灰色长上衣穿在他的身上，配上他的尖下巴，为了不让眼镜掉下来，他努力吸着鼻子，样子十分滑稽。他也看到了我，露出了亲切的微笑，料他再也尖酸刻薄不起来了。顺便说一下，我觉得世界上的不幸许多是身材矮小的人造成的，他们比身材高大的人更会折腾，有更多坏主意，更令人讨厌，我一定要处处留心，避免与这种人为伍。

顶让我讨厌的是他这种地位较高的人总是更自以为是，所受的教育使他变蠢了。以前在学校里，当他托着眼镜，瞪着眼睛问："同学们，你们参军吗？"那声音简直感人肺腑，我们班里的男生最终都被他说服了，当然其实没有谁能够坚持不当兵的。因为，这样的时局，谁都习惯使用"胆小鬼"这个字眼儿，其实谁都该清楚战争造成的灾难，但仍个个兴奋得忘乎所以。

对于我们这群二十岁不到的年轻人来说，虽然我们时常嘲笑他们，但是归根到底，我们还是信任他们的，他们的思想总代表着权威，是更远大更准确更合乎逻辑与人性的。但这些信念，在我亲眼看到第一张阵亡通知书之后都粉碎了。那是去年10月的午后，我看到高年级米勒同学的母亲瘫在她自己家门口放声大哭，两位穿军服的官兵正试图把她扶起来……那天下午我逃课了。我过去常把效忠祖国看成是头等大事，后来我不得不认识到，我们年轻一代比卡特他们一辈人更诚实，他们超出我们的，无非是故作高深的言论、无懈可击的圆滑，最终雨点一样的炮火将直接指出他们思想的误区，在他们谆谆教导下我们树立起的世界观会在榴弹炮中瞬间崩塌。我觉得我这些想法，都是深思熟虑的，有些真理并不在课本上。

我的脑袋里被塞入了一些意识，一切皆是天意，天意使然，唯有泰然自若。一切都是绝对的，完全安排好了的命。

随遇而安吧，这是近乎疯狂的一种平衡，并带着尊严。

除了尊严，还可以这样做，想象枪口对准自己身体的一个部位，这太容易了，扣动扳机，打掉一个脚指头，在那种急剧快速的疼痛之后，一定会被救治而撤到后方医院，躺在温暖的床上，还有漂亮的女护士陪伴。当然，这些事情只能埋藏在心底，我要对这类胆小鬼、假病号嗤之以鼻。

此外，我也想到了死亡，这是一个运气不好和粗心大意就会死人的地方。砰——倒下，人死了就不会复生，这可是不能修补的。

我的观点是，人的所知永远不可能十全十美，因此，所有现实的主张未必就是明智的、准确的，战争就像无名的怒火，有时候根本无法预料它的走向，并兼具道德混乱。

不管怎样，这些都是我的主张。在学校的时候，我就是个反战主义者，我从没有做过什么过激的事情，我不是头脑发热的那类人，我只用足球踢碎过一盆花，为学校的小报写过几篇无关痛痒的社论，偷看过几眼正在练体操的伊尔泽。

我想，战争就是这样一个东西，没上过战场的人可以超越它进行思考，但是我们却被它给逮住了。眼下，我们得以一种异乎寻常且令人伤感的方式成为野蛮人。从前，面对一件新鲜的事物，我总是爱思考哪一部分是必要的，哪一部分是多余的。现在，对于我们来说，只有事实是最正确和最重要的，其他的全是假的。

除此之外，战争还是一种古老的思想习俗、一种古老的心理状态、一种古老的政治手段，就像人的牺牲和人的奴役已经成为历史陈迹那样，战争在结束之后也一定会成为历史陈迹，被历史学家和战争学者信心笃定地评说："人类的精神在本质上是英勇无畏的，所以能胜任战争这一漫长而艰巨的任务，尽管当时他们会有一些悲观情绪，有阴暗的一面。"

那么，现在就是一种英勇无畏的本质在行动。

二

我们被三个一组、四个一伙分散到各个班，跟坎特拉的农民、工人、手工业者一道，大家很快就熟悉了。修筑工事不是什么难的活，我逐渐领会到，一把上好的铁锹要比弗洛伊德的著作更加重要，起先我是惊讶，然后是愤怒，最后是冷漠地认识到：起决定作用的不是精神，而是小半块干的土豆饼；不是思想，而是制度；不是自由，而是壮实的肌肉。

第一天，我们几乎没有干活，只是熟悉洛姆斯平原的地理环境，并且问了许多问题。后来，老兵们被我们问烦了，头也懒得抬，“我相信你们不可能很快把这么多幻想抛开的”。

不善言辞的弗兰茨最后总结了一句：“你们总是离不开这么愚蠢的问题啊！”然后，我再没有喋喋不休地问问题了。因为，我突然感觉自己是挺愚蠢的，并且直接发现一切都没有前途了，简直令人绝望。

到了晚上，我和所有人一样都在思考：“我们所有人今后都会特别艰难，跟榴弹炮和手榴弹朝夕相处两年，留给我们的记忆，是不可能像一双鞋子那样轻易摆脱掉的……”

第二天一早，浓雾还没有散去，韦斯特胡斯班长就催促我们干活了，修筑工事是个体力活儿，两个小时不到，我的手就起了水疱，我丢掉了铁锹，脱下了我的鞋子。恰登走过来对我说：“你应该去挖煤。”

“总不会比在这儿挖战壕还要糟糕吧。”我回答道。

恰登龇着牙笑着说：“但是时间更长，你也偷不了懒。”

“当然，老兄，我其实认为待在家里会更好。”

在前线，他也兼了给我们从伙夫那儿拿饭的差事，这事他做得很认真，只是伙夫是个怕死的家伙，不肯把伙房移到离前线近一点儿，尽管恰登每天一路小跑给我们送饭，我们拿到手的饭菜还是半凉的。

每天的菜都是番茄煮白豆子和小牛肉，恰登好几次从皮靴筒里抽出他的调羹，伸到克罗斯的饭盒里去，为了分散克罗斯的注意力，恰登总会扯上许多话题，“和平时期待在军队里，你根本就没有什么事要操心。”他一边嚼着嫩牛肉一边说，“你每天都有东西吃，要不然你就可以骂娘，你有干净的床铺，每星期都有一批洗得干干净净的衣服放在你床上，俨然像一个绅士。晚上你是个自由人，可以到小酒馆里去喝上几杯，白兰地或者啤酒。”

我沉默无语，我想着家乡的夜晚，荒原上的星期天，乡村的钟声，下午及夜里和女佣们在一起，吃涂着厚厚猪油的荞麦煎蛋饼，瞒着父母泡在小酒吧里无忧无虑闲聊瞎扯的时光……

弗兰茨是个不爱说话的人，他闷声不响地扒拉着饭菜，显示出他与我们之间的生分，我想这中间的距离其实就是一只烤鹅的距离，不管以前我们的经历有多么不同，但是如果我们现在坐在一只流油的烤鹅面前，我们之间一定会十分亲密，可以像亲兄弟一样，眉飞色舞地高谈阔论。而现在，也难怪，咀嚼着几颗白豆子，连话都不想说。

我想，烤一只鹅一定需要很长的时间，我们几个可以这样轮流干，不停地往鹅身上涂抹上好的橄榄油和克洛兹甜酒，另两个人把碟子、刀叉摆放得整整齐齐，然后有一个人再把鹅肉一片片地切下来，感觉一种美妙的香味儿正逐渐散布开来。这美妙的憧憬甚至让我微微出汗。

这样想着，我觉得自己还是有前途的。

三

当班长韦斯特胡斯站在新挖的战壕里说，今晚我们中有两个人要去值哨时，三发炮弹正落在远处，火光斜射入夜雾，发出隆隆的声响。

我冷得有些发抖。

还是老办法，班长在小纸片上写数字，然后放在钢盔里，看自己的运气，谁抽到“11”就上战场，我和恰登都抽到了“11”，恰登嘟囔了几句，就坐到土堆上，开始抽起了烟。

雾气越来越重，等待的时刻，大家没有什么话题，一切都好像静止了，弥漫开来的硝烟裹着水汽，像四壁一样正在往我身上紧紧挤压。

恰登狠吸了一口烟，然后又若无其事了。像他这样经常开赴前线的人，对值哨已经无动于衷了。而我不同，我坐了下来，感觉特别孤单。

只有弗兰茨，沉思地望着灰天的前线和偶尔的炮火说道：“要不是这样危险，这倒是极美的焰火。”

“小子，闭上你那破嘴！”恰登丢掉了烟蒂起身拍了拍身上的尘土。

接下来，我们等着来接我们的卡车，我看着茫茫的暮色，思忖着一些可能会发生的事情，我们将怎样匍匐在散兵坑里。这一夜，我可能死去，而所有的事情我都还不理解。

集合起来的六人一组的岗哨替下了前线的兄弟，野地里的雾气越来越浓，夜色正从四面八方包围过来。

“这里一到晚上就雾气茫茫，像是极稠密的雨丝，尽管没有下雨，但一切都是湿漉漉的。”恰登说得没错，现在每个人都是那么孤独，我看不到别的兄弟，就像一个影子，没有肉体，只有恐惧和不安让我感觉自己的存在。

我向远处望去，向南望去，我看到一些黑色的轮廓，那里应该蕴藏着一些骇人的力量和鲜为人知的事情。散兵坑又湿又冷，我一动不动趴着，某种程度上，我觉得自己很悲哀。

当夜色和浓雾摧毁了视野，想象就像一双大手推开了另一扇门，我像到了一个鸡尾酒会，当然只是听着像，大型的豪华的权贵们的晚宴，就在雾气最浓重的地方，音乐，闲聊，我听到了香槟酒瓶塞的声音，我听到了真真切切的库巴克杯碰击的声音，真正的轻佻，一切都很文明。

不管怎么说，我要尽量洒脱一些，躺在那儿想象，听美妙的圣乐队的演唱、布洛尼的合唱团、海防队的四重唱、绝佳的女中音。所有的炮声听上去都有些含混，但细细感觉都是有差别的，有些是落在泥地里，有些是落在岩石上，有些是落在树木上。又由于着落的方位不同，回响更是五花八门。只要仔细听，所有的东西都在说话，一些树在谈论政治，一些石头在谈论宗教，它们都在窃窃私语，加农炮和榴弹炮是大嗓门，一开口，我的脑袋就嗡嗡作响。

临近拂晓，一切终于平静了，是你从未感受过的宁静，这是充满阴霾和硝烟的真切日子中的一天，鸦雀无声。像一场音乐剧中纯粹的蒸气，所有的一切都被吸进雾气之中，一丁点儿动静也没有。雾气在慢慢移动，远处的探照灯开始搜索深灰色的黎明，灯光向空中滑去，宛如一把变得越来越细的直尺，我把身子抬高了一点儿，然后就看到了一抹变幻不定的微红色的亮光贴着地平线，从一头到另一头，一个个火球高高地升起又重重地落下、爆炸，白色和红色的星星，像雨点般坠落，这些都是较小的炮弹。还有大口径的重炮夹杂其中，像风琴一样前赴后继，这些炮弹落到离我们不远的地方，像发情的公鹿一样，从远处发出一种沙哑的吼叫，高高地越过比较小的炮弹呼啸而来。大地在恐怖中痉挛，我久久地、有力地紧贴着它，我自己存在的那一部分猛地倒退了数千年，再次从心底苏醒过来的，是动物的本能，它指导着我、保护着我。我想，这样的时刻，若是不凭本能行动，谁都将成为一堆肉酱，要是没那种本能，从比利时到法国，早就没有人活着了！

大地——大地——大地！在心有余悸的安慰中，我用嘴唇啃啮你！从来没有任何时候，大地对我具有如此重要的意义。

我把躯体连同脸和四肢深埋在它的怀里，在极度的恐惧中，它是我唯一的朋友、至亲的兄弟、永远的母亲。五分钟后，榴弹炮第一次在我匍匐的散兵坑附近爆炸，在毁灭性的喷射中，一切存在几乎被疯狂的风暴撕裂，却又从大地那里经过躯体流了回来，所有被拯救的人都埋入它的怀里，我们把自己的恐惧和叫喊发泄到它的沉默和安谧中，它把它们容纳了。

我的耳朵好像出了问题，一会儿嗡嗡作响，一会儿又雷霆万钧。本能不同于意识，它比意识快得多，可靠得多，几乎不会失误，这一点谁也无法解释清楚，但我相信每一个上过战场的人都有这样的感受。

我一动不动地趴着，什么也没有想，突然，我就扑进了另一个散兵坑，炮弹的碎片瞬间填满了之前的那个深坑，但是我就是想不起，是不是之前已经听到了榴弹飞过来的声音，还是已经想到自己要往这个散兵坑转移。

在这里，除了本能，你根本无法活命。

探照灯的光束已经很弱，但不止一束，有时候会有两条以上交叉的光线，一只黑色的“昆虫”被它们捉住了，它在试图逃脱，那是一架飞机，它惊慌失措，被照得晕头转向，摇摇晃晃。大炮密集的发射汇成低沉的轰鸣，随后又裂成一组组的爆炸声。我们并没有进攻，好像一个个并没有暴露的秘密，与大地浑然一体。

硝烟驱散了浓雾，火光蒸腾了湿气，黎明慢慢扯去了大地床铺上的被褥，一切都赤裸裸毫无遮挡。昨晚闷闷不乐或是心情平静的士兵，现在都变成了具有人形的野兽。一切都变得简单、直截了当，只有一些感觉在强化，比如嗅觉、听觉，它们已有了独特的预见性，虽然乱七八糟、前赴后继，却是有规律的。

我觉得我在遭受酷刑，但我也愿意把这当成天意，并且一遍遍地对自己说——这是天意，亲爱的天意——我的天意——似乎重复本身就是一种泰然自若的行为。天意使然，多么酷。

作为人类，最终谁也改变不了谁，我们都是固执的。

死亡会带走我们身上所有情感的包袱：悲痛、恐惧、爱情、欲望，这些感情是无形的，但是这些无形的东西却是有自己的质量和特定的万有引力，他们带着人类几乎不能抑制的共同秘密——懦弱。在许多时候，这是所有负担中最沉重的，因为这个负担是从来不能放下的，这需要完美的平衡和完美的态度。杀人、死去，因为我们不这样做会感到难堪，最初让我们走上战场的并不是光荣的梦想和伟大的抱负，而是为了躲避逃兵的耻辱。在炮火纷飞中，倒下很容易，眼睛一闭，倒下，让你的伙伴把你送到后方，然而没有一个人会那样做，那样做不是勇士，甚至不能算是战士，相反，那正是我们非常害怕成为的——懦夫。

我的眼睛在黑夜里开始以照相一般准确的手法，把过去发生和未来可能发生的情形记录下来，我变得勇敢起来，我开始尝试独自面对一些惨烈的场面，开始以锻炼意志一般的决心，迫使自己与它进行斗争。

在我左手边，躺着一个被吓坏了的新兵，他两只手抱着头，钢盔落在一边，我爬过去把它捡了起来，想把它戴回到他的头上。他抬头看看我，把钢盔推开，像个孩子抱着头，钻到我的胳膊底下，紧贴着我的身子，他一直在颤动，那肩膀又湿又冷又滑，我像摸到了鲇鱼。

为了钢盔至少能起点儿作用，我把它盖在他的臀部，这并不是恶作剧，而是考虑到那是他最突出的部位，虽然那儿有肥厚的肉，但要是弹片打进去也会疼得够受的，此外他还得在野战医院俯伏着身子躺着待上几个月，差不多可以肯定，他以后走起路来还会一瘸一拐的。

炮声终于消停了些，天也亮了。这是清晨5点，风既轻柔又凉爽，这灰暗的时辰无限沿展，把万物裹在其中，我们惊魂甫定，生死未卜。火炮的呼啸声呼呼远去，像一声拖长的、渐渐消失的叹息在空中回荡，最后只有一两颗星星高挂在天空，好像什么事也没有发生过，那几乎是很奇特的景象了。

“事情算完了，该起身等换防的卡车了。”

他茫然四顾，脸色惨白，我安慰他：“会习惯的。”

他慢慢地恢复过来，拿起了臀部的钢盔，把它戴回头上，又小心翼翼地把手伸向屁股，痛苦地看着我，很尴尬。我立即意识到，这是炮弹胆怯症。我本来也不是因为这而把钢盔盖在他臀部的，但我还是认真地安慰他：“这不丢脸，活着的都是英雄。”

一个多小时之后，卡车单调地晃来了。“这个晚上我们没有什么损失。”恰登说，“这样平安而幸运的夜，大概每个月也就出现两三次。”我们听了之后，既感到安慰又忧愁。

卡车一路晃回去，哐哐啷啷地穿过坑坑洼洼的路面，我们半睡半醒，又摇来晃去。只有单调的叫喊声：“注意——电话线！”然后我们弯下膝盖。天空开始辽远了起来，若是向东，可以一直望到坎特拉山淡蓝色的山峰，像伊尔泽她那件蓝色排球服的颜色。也许今生我再也见不到她了，这样想着，泪水突然蓄满了我的眼眶。

很快我意识到这是一种愚蠢的情绪，虽然这也可以被称为多愁善感，但主要还是愚蠢。

恰登的身子很惬意地靠在卡车的木扶栏上，他给我们讲起了他以前经历过的一件事："我就中过一枪，打在屁股上，那该死的新接替的卫生员拉特·桑德斯既没经验又不称职，还吓破了胆。这杂种竟用十多分钟才鼓足勇气爬到我的身边，我当时都疼得昏过去了，雪上加霜的是，他只给我草草地包扎了一下，结果几星期后，伤口开始溃烂，流脓。为此，我在床上趴了整整一个月，不能走也不能坐，觉也睡不好，眼前总是浮现拉特·桑德斯吓得灰白的脸和他惊恐的眼睛、哆嗦的手指。渐渐地，溃疡愈合，我刚能正常思考，就花了许多工夫琢磨怎么报复他。"

我们都笑了起来，只有那个新兵脸上泛着红光。我顺便知道了他的名字，里希田堡。这是一个很有哲理的名字，于是我又顺便思考了一个较为深刻的问题——生存问题，在这儿还是一个暧昧的、须臾的、梦幻的、最接近原始的、真实的问题，若是要认真分析，其乐趣绝非俗世所能比拟。换言之，对我们来说，生存就是神明，其他一切无关紧要。

太阳已经升得老高，我希望车子开得再快一些，尽快带我离开这个鬼地方。

并且我渐渐明白，真实的战争故事是没有概括和归纳的，也不该沉湎于抽象概念和分析。我开始对过去的一些老生常谈产生怀疑。

关于战争，过去它总是以一种道德宣言的面目出现，它曾引发了许多的思考与领悟，但是真实的战争不同，即使存在着所谓的道德，你也弄不清它更深的含义，无法提炼出更高尚的道义教化。一场真实的战争，除了震惊，你是没有什么可说的。所以我对于我没有体验过的东西，是不愿意相信的。

一次进攻

一

我二十岁，相当年轻，我应征入伍来打一场我厌恶的战争，我本能地觉得战争是不对的，因为许多人正在无谓地流血，死去。我看不到一致的目标，看不到哲学、历史和法律方面的共识，而真正的事实隐藏在说不清的事件中。这场战争带来了我的人生危机。

过去，我愚蠢而固执地认为，杀人和死亡的事根本没有我这种人的份儿。我的家乡坎特拉山高原地区是一个保守的小地方，一个很在意传统的地方，人们总喜欢围坐在有火炉的咖啡屋里，话题不外乎落在小镇几个孩子身上，诸如，谁家没有男子汉样的小子居然跑到瑞士去了。

夜里，当我不能入睡时，时常与他们激烈地争论，我对他们大喊大叫，告诉他们这群蠢货，我是多么憎恶他们头脑简单的爱国主义、保守的无知与傲慢、毫无思想的陈词滥调、没有立场的视而不见。我要让他们知道他们把我们打发去参与的是一场怎样惨烈的战争。我认为这事，谁都有责任，所有人都负有责任。

真的，我很苦闷。但是，还远远不止这些。情感从愤怒到恐惧，忧伤，迷茫，麻木，痛苦，然后又回到愤怒，我觉得我患了一种病，真正的疾病，无药可救。

我们的集训地在一处公墓，树木密密匝匝，布满一个个坟丘和黑色的十字架。

一连几天，教官让我们练习使用防毒面具，以及如何辨别毒气，如何辨识警告声。他告诉我们，炮弹打来时，你们通常会把身子埋进战壕或者散兵坑里，但是毒气会缓缓地沉到所有的坑坑洼洼处，就像一只只柔软的水母游到你们的身边，懒洋洋地舒展四肢。中了毒的士兵一连数天会觉得透气非常困难，要花很长时间才能把被烧伤的肺一块块地咳出来。

我心神不宁，觉得这不是好兆头。

有闲的时间，我们总会有更多的思想。

白天，我们穿行在营房、集训地与流动战地厨房之间，偶尔还有啤酒供应。休息的时候，我们就聚在棚屋营房门口的阳光地带，那里散发着焦油、泥土和脚汗的气味儿。

今天中午我们练了一个小时的敬礼，原因是恰登向一位少校军官行礼时很马虎。我们私底下说："我们一定会输掉这场战争，因为我们的敬礼做得太好了！"

"要是现在让我们回家去，你们打算干什么？"阿尔贝特问大家。

我认为这是绝对不可能的，所以我没有回答。

卡特说：“我这一辈子都一事无成。”

“您缺少严肃认真的态度思考人生。”阿尔贝特对卡特的消极回答进行了积极定义。

“我想回到学校去，那儿可以让我成为一个无忧无虑的乐天派。”新兵卡米尔说。

“学校学的东西一无所用，在学校里，没有人教过我们如何在暴风雨中点燃香烟，怎样拿潮湿的木头点火，或是教我们怎样不招来重炮袭击，也没有教过我们刀最好刺在肚子里，因为这样就不会出现戳进肋骨被卡住的窘境。”克罗斯说。

大家三三两两没心没肺地笑了起来。

“你呢，弗兰茨？”

弗兰茨一贯不爱说话，不过这次他倒是回答了这个问题，他望着不远处的一堆干草，又望着天空，说了一句话：“我希望回家时正赶上收获季节，可以帮我太太干活。”说完他站起来走开了。

“他正在发愁呢，他在家乡种植了许多粮食，现在他老婆不得不照料农田和两个孩子，他每天都要翻看送来的报纸，以便了解家乡那儿是否下雨，他老婆会不会来不及收拾那些干草。”

望着弗兰茨离去的背影，大家若有所思。

连里的亨利希·马尔克斯是个思想家，他建议，国与国之间的宣战应当是一种民间游戏，像斗牛一样，向全国民众发售门票，要有音乐伴奏、舞娘伴舞，在古竞技场上，两个国家的国防部部长和将军们穿着游泳裤一样的短裤，手拿棍棒，格斗一番，谁到最后还活着，他们的国家就算胜利，这样战争就简单化了，而且见效快、花费少，而不是现在由我们这些不愿打仗的人在这里相互攻打。

我们都认为这建议非常棒，甚至希望能够递交国防部。

卡特还是一位有文采的忧郁的诗人，他始终坚持自己的意见“要么战争结束，要么我们完蛋”，听上去像是真理。

“以后，我们都会有我们新的职业。”恰登说这话的时候，我正想象他一边吹着口哨，一边飞一样蹬着他那辆高高的脚踏车，挨家挨户地送信。

卡特说：“总得先回去，才能有那些打算。”

“我对什么都不感兴趣，我不相信我们都会回去！”

…………

家乡摆放着铃兰花的窗台、斜格花纹的被褥、床前矮矮的木凳、木门转动时发出的吱哑声和小镇中央教堂的钟声，这些都居然成为我渴望的目标。大家聚在一起的时候，聊得最多的就是各自家乡食物的味道，似乎都带着传奇色彩，每个人都怀着巨大的激情绘声绘色地把它们描述着。要是我们能够回到他们那里，还有什么东西不愿意给啊！在战火纷飞的岁月里，我们的思想已经完全不敢再向前迈出一步了。

闲下来的时光令我更多地用思念亲近了伊尔泽，并且我开始给她写信，我认为这是一种很好的表达的方式，我在信中第一次写下了“亲爱的”，我不准备向她提及这场战争，因为她是局外人，我的境况如此糟糕，我为什么还要把她牵扯进来呢？我不会甜言蜜语，也不懂写作技巧，给她的信写得很蠢、很笨拙，但我还是鼓足勇气把它寄出去了。

说实在的，因为这场战争，我对自己的前途一片迷茫，我爱她，可是她最终会属于谁呢？为此，我又恨她，这是一种令人煎熬的爱恨交加的情绪。

这之后一连几天，阴雨绵绵，视线模糊，一切交织到了一起——阴霾、伊尔泽和越下越大的雨。

此外，我的爱情观还是很现实的，我必须要在我的情绪中加入一些坚硬无情的东西，我爱她，但我也恨她。

这很悲哀，但这些事情是军人内心必须承受的，这些事情是军人要做和不得不做的。

别再抱什么幻想了，我这样告诉自己。

以后的日子里，每当我想起伊尔泽，我只会想到她属于别人。这不是坎特拉小镇，而是另一个世界，这里没有歌剧也没有期末考试，这是一个朝不保夕、随便一个意外就能丧命的地方。

尽管如此，我还会借着黄昏的愁绪想入非非，魂不守舍，去岗哨询问是否有莱布尼兹·杜德的信。

不久后，卡特当上了军士。这是意料之中的事，像他这样假正经的人，不当个军士有点儿说不过去。

克罗斯跟我说：“他当上了军士，怎么会变成这样一个虐待狂呢？”

我告诉他：“在我们乡下，这种人多的是，长年累月受老婆压迫，一旦老婆出个远门，非得在酒吧喝个底儿朝天，抽几根大麻才过瘾，这叫歇斯底里症。”

这样解释让克罗斯活跃了起来：“不仅卡特是这样，这样的人多得是，他们的军服上一有了金银丝绶带，有了一把军刀，就变成完全不同的人了，仿佛吃了混凝土似的。”

“那是军服造成的。”弗兰茨揣测道。

“这就像给一条狗一块肉一样，它会不顾一切地去抓住那块肉，因为这是它的天性。而如果你给一个人一点儿权力，他同样也会这么做，他会牢牢抓住那点儿权力，这是不言而喻的。因为人本来就是畜生，后来也许像涂了一道道黄油的面包一样，身上涂了道貌岸然的油彩。军队的基础就是，一个人可以对另一个人发号施令，原因是他们手中握着权力，一个军士可以折磨一个士兵，一个少尉可以折磨一个军士，一个上尉可以折磨一个少尉，可以折磨到被折磨者发疯为止。”亨利希·马尔克斯的见解总是很具体，我们都表示认可。

这以后，我们刚从集训地回来，已经疲惫不堪，但卡特会又来一个命令：“全体向后转，练习敬礼和分行行进。”这样又一个小时，不过大家还能扛着步枪往回走，然而，他突然又命令大家唱歌，结果因为大家唱得有气无力，被罚站一小时。

他似乎一直想让大家明白一个道理，“我们自己是为了受折磨才来前线的”。而他完全知道，做什么是必要的，什么是不必要的。我们暗地里都思忖着如何报复他。

二

这样无聊的日子，只有到了前线战壕，才会停下来。而现在，我们都遵守一条铁的法则：士兵无论如何总要有事做的。

几天后，我们被派去前线的一处防御工事，卡车是黄昏时分来接我们的，开了几个小时，就让我们下车，卡车开回去了，听说黎明时分会再来接我们。

夜雾和蛰气笼罩着野地,没过了我们的腰。月亮照在上面，我们中的一部分人把又弯又尖的铁桩扛在肩膀上，另一部分人用光滑的铁棍穿起一卷铁丝网，扛着它们一道开拔，这些负担既沉重又让人不舒服。我们像一群幽灵在草丛中穿行，钢盔在月光下闪烁，反射出淡淡的亮光，人头和步枪突出在白茫茫的夜雾之上，像雾海中飘浮着许多人头和步枪。

远处有轻型大炮和弹药车在并行的马路上行驶。马匹的背部在月光中闪着光，它们动作优美、摇头晃脑，它们的眼睛也是闪闪发亮的,头戴钢盔的骑马人看上去俨然是中世纪的骑士。

这真像梦境，甚至比梦更鲜活、更具体。我突然想到，活着不也是一场梦吗？现在的我们是在一场梦的梦里面，往更久远说开去，死亡也只是一场梦，一场空白的梦而已，然后我长长地呼出了一口气。

路越来越坑洼，我们小心翼翼，紧张地张望着，用脚和拐棍探路，偶尔走在前面的士兵绊了一下，后面的脸就撞到了前面那个人的一卷铁丝网上，于是就骂了起来。

路上的弹坑越来越多了，几辆被击毁的车子躺在马路中间，又一道命令下来，“把香烟熄掉，我们已接近战壕了。”

这里一片漆黑，穿过一片小树林，前线地带就出现在我们面前了。

我们把铁桩打入地里，铁桩与铁桩之间保持着一定的距离，每一组总是两个人拿着一卷铁丝网，其他人把铁丝网展开，这讨厌的铁丝网带着密密麻麻的、长长的尖刺，我没做惯把铁丝网展开的活儿，手被深深地划了两道口子。

没多久，意外发生了。大地在我们前面爆裂了，土块雨点般洒落了下来，我感到我衣服的袖子被弹片撕开了，我卧倒在地，紧握了一下拳头，没有疼痛，但我还是不放心，伤口总是过好一会儿才会疼痛的，我很快摸了一下胳膊，它只是被擦伤了，还是完好的。

“隐蔽——”有人大声喊道，“隐蔽！”

草地平坦，树林太远，对我们来说，没有什么可以隐蔽的。

瞬间，黑暗仿佛一头咆哮的狮子，又如同波涛在汹涌和狂怒，它躬着巨大的身躯朝我们奔来，越过我们的头顶，然后炮弹发出的火焰照亮了整个夜空。

没有任何出路，草地像翻腾的海洋，炮弹喷出的火焰如喷泉一样四处喷涌，任何人要越过这片草地简直不可能。一团团火焰射向空中，到处都是爆裂声和雷鸣般的轰响。

我在这时，脑袋被猛击了一下，我的知觉随即渐渐模糊了起来，头脑中一个念头像闪电一样闪过："千万不要昏倒！"我眼睛一片黑暗，我模糊地辨认着，我前面是一个被炸出的深坑。炮弹一般不会落到先前炸开的坑里去的，于是我像一条鱼一样滑入了那个坑，我揩去了眼中的泥土，明白了刚才是一块弹片砍在了我的钢盔上，幸亏它的力量不够，所以才没能打穿。我伸手去抓东西来掩盖自己的身体，我努力朝某样东西靠近，我希望是被炸断的某块树桩或者石头，但我感觉到我的手指抓到了一只衣袖，一条胳膊，我对他喊叫，他没回答，他好像死了。

…………

死了三个，伤了一个。这只不过是一次短暂的炮击，三个死者躺在一个深坑中，我们只需要挖些土就可以把他们埋了起来，另一个伤者被送往了医疗站。

早晨天色昏暗，天开始下雨了。

一个小时之后，我们来到了我们乘的那辆卡车边，一个个爬上了车，卡车比来的时候宽敞了许多。

雨越下越大，我们摊开了篷顶的帆布，雨水如同击鼓一样敲打在上面，然后汇成细细的水流向四面八方倾泻下来，路越来越泥泞，卡车涉水而过，我们在半醒半梦中摇来晃去。

雨单调地下着，但只要某处传来一声爆炸声，我们就会惊醒，立即紧张起来，似乎准备随时翻过车子的挡板，跳进马路旁边的沟里去。

最终什么也没有发生。

只有单调的雨，淌到我们的头上，淌到新亡者的头上，淌到漫山遍野的泥地里，淌到一个个的新坟上，淌到我们的心上。

大家在私下议论就要发动进攻了。我们连里调来了一位新的上尉卡尔·鲁贝卡，听说他将带我们开赴前线，他是昨天下午才出现的，据说他在后勤连里整几个年轻的新兵，整得太厉害，他不知道州长的儿子也在那里，结果活该倒霉了。

几个小时里，军士卡特一直在琢磨，该如何与他搭讪，克罗斯若有所思地看着他反背着手踱来踱去，对我使了个眼色，我挺起了胸膛，努力让自己带些贵族气质，当然我相信克罗斯那双闪闪发光的麂皮靴子一定更加顶事。果然，当卡尔·鲁贝卡若无其事的目光扫过克罗斯那棕色的与众不同的靴子时，他就径自走到了他的面前。

“你，出来一下——”

然后，整个下午，我们就看到克罗斯捧着鲁贝卡上尉那双长满了霉点儿，脏得看不出颜色的皮鞋在那儿一刻不停地刷，到了夜晚时分，那双鞋的皮已经像俄罗斯皮革一样柔软得绝妙无比了。

两天后，我们开赴前线，途中路过一个锯木工场，靠近路旁一侧堆着几排未上油漆的新棺材，宛如几堵高墙，散发着松脂和树木的气味，至少有两百口。

“这是对进攻所做的极好的准备啊！”恰登惊讶地说道。

“这是为我们准备的。”克罗斯发牢骚说。

“别胡说八道！”弗兰茨责备他。

“要是你能得到一口棺材，你应该高兴才是。”韦斯特胡斯班长奸笑道，“他们还不止用一块帐篷帆布把你这活人裹起来，你等着瞧吧！”

其他人也在开玩笑，开令人不愉快的玩笑。否则，我们有什么事可做呢？

那些棺材确实是为我们准备的。在这些事情上，上头总是干得很出色。

当天晚上，我们被安排在一个旧仓库休息。仓库离前线不远，前线的炮火在我们庇护所周围发出隆隆的响声，有时候火光照到我们的脸上，影子在墙上乱舞。不时传来低沉的爆炸声，旧仓库随之震颤起来，那是飞机投下的炸弹。

半夜，我们醒过来了，大地在猛烈地颤抖，隆隆的炮火就在我们头顶上空炸开，我们蜷缩在角落里，但是能够分辨出各种口径的炮弹。

到了晚上 11 点，上头传达了命令，让我们进入前方的掩蔽壕。我们迅速集合了起来，屋外，在肉眼看到的地方，尽是如喷泉一样的泥土和铁片在四处飞溅，整个宽阔的地带都遭到了袭击。

炮击持续着，但是我们的进攻还没有开始。一进入战壕，一大群老鼠四散奔逃，手电光照亮了这混乱的场面，每个人都在喊叫、拍打、猛击，仿佛正在发泄积压了许久的狂怒与恐惧，那些小动物吱吱地叫着，上蹿下跳，我们围打了好久才停下来。

战壕入口的好几个地段几乎都被夷为平地，像山一样的土堆到处散布着，经过一个小时的挖掘，坑道的出入口通畅了，我们才安定了许多。

黑夜让人无法忍受，空气又令人窒息，我们睡不着觉。炮声对我们神经的刺激比以往更强烈，我们仿佛坐在自己的坟墓里，只等着被掩埋起来。

在我们前方的敌军阵地上，总有折磨神经的车轮滚动声，火车、卡车、卡车、火车。那边究竟在把什么东西集中起来？我们的炮兵部队不停地向那边开炮，但是那些声音仍然没有消停……

天色渐渐破晓，但是没发生什么事。

我们个个满面倦容。卡特军士告诉我们要照看好自己的面包，因为最近战壕已经不那么井然有序了，老鼠繁殖得非常快。韦斯特胡斯班长断言，这是情况危险最可靠的征兆。

这些老鼠个个都那么肥大，是吃死尸的那一种。它们看起来相当饥饿，几乎每个人的面包都被他们啃过。白天我们比赛用枪打老鼠，它们还到处游荡。子弹和手榴弹储备很充裕，但我们没有足够的食物。

空中挂着许多观测气球，传说那边在进攻的时候，也要在这里投入坦克和步兵用的飞机，但只是传说，并没有之前听说的新式喷火器那样让我们感兴趣。

老兵弗兰茨闷闷不乐地说："又要像索姆河畔那场战役一样了，在那里我们遭遇了七天七夜猛烈的连珠炮火。"自从我来到前线，他根本不再说笑，这是不祥之兆，因为弗兰茨是老兵，老兵的嗅觉总是特别敏锐。只有恰登能给人安慰，他告诉我们："今天晚上要想法搞些吃的东西来。"这话真能安慰人，除了恰登，没有哪个人想到过要吃东西。他这样说的时候，外面的世界仿佛又靠近了我们。如果能够去弄点儿吃的来——情况就并不那么糟糕，新兵们都这样想。

的确，食物和弹药同样重要。可我还是有些担忧，炮火一直没有停过，会有谁能穿得过去呢？要穿越这样的炮火，即使狗尾巴草，也还嫌不够细。白天，我们没完没了地玩斯卡特纸牌，也许我们碰上了好运气，什么事也不会发生。打牌或许会让心情放松些，可是后来发觉也没起多大的作用，我们总是细心地去倾听离我们更近的炮击声，不是把牌算错，就是把花色出错，最后，只好不玩了。我们宛若坐在一口隆隆巨响的锅里，人们正从四面八方对着这口锅猛打。

黄昏时分，我们掩蔽壕中了一枚炮弹，所有接缝处都咔咔喳喳响了起来，我们的心都提到了嗓子眼儿。幸好这只是一颗轻型炮弹，混凝土板还能承受得住。但四面墙壁都在摇晃，步枪、钢盔、泥土、灰尘和污物都在摆动、在飞舞，硫黄的浓烟透了进来。如果我们不是待在这个坚固的掩体中，而是待在新近修筑的简易壕沟里，那么肯定不会如此幸运了。

炮弹更频繁地落在掩体周围，每发出一声巨响，每个人都下意识伸手去抓自己的装备，看那些东西是否还在。黑夜在吼叫，并闪着光亮，掩蔽壕在震动。在转瞬即逝的亮光中，大家互相凝视着，脸色苍白，双唇紧闭。

沉重的炮弹在拆毁掩体的胸墙，把上面的混凝土块炸得粉碎，战壕的斜坡全都被翻了起来。炮弹像一头怒吼的猛兽在用爪子一记记拍打我们的心脏，有几位新兵脸色铁青，一直呕吐，他们没有一点儿经验。

第一次换防，我们还是抓阄儿。这次我运气好，恰登、弗兰茨和克罗斯都去换防了，我与班长韦斯特胡斯留了下来。有时候我发觉在抓阄儿这事上，我们班长一定在耍什么花样，要不怎么他老是碰不到霉运呢？

换防的人出去了，被换下的观察员踉踉跄跄地走了进来，他们身上沾满了污泥，极度虚弱的样子，有一个人不声不响地躺在一个角落里吃东西，另一个在啜泣，这是一位增援部队的后备兵，已经两次被爆炸气浪抛到胸墙外面，但除了神经性休克之外，没受什么伤。我一直注视着他，确信自己帮不了他什么。

灰蒙蒙的光流入坑道，使炮弹发出的闪光变得惨淡，黎明已经到来，现在地雷的爆炸和炮火混合起来，这是迄今为止最猛烈的震动。它们扫向哪里，哪里就变成群葬冈。

三

白昼已经来临，也许中午进攻就会开始。

上午，一枚榴弹正好在我们坑道前面爆炸，顿时漆黑一片，我们被掩埋了。大家只好动手把自己挖掘出来，大概奋战了一个多小时，坑道才开始疏通，这一突发事件把我们弄得精疲力竭。

我们的中尉带了几个别的班的士兵爬了进来，他告诉大家有两个掩蔽壕全完蛋了，大家的脸色变得很难看，我们又躺下来等待，那边的炮火火力始终未减，一直轰到我们的炮兵阵地。他们到底从哪里弄来这么多的大炮，这倒真是个谜。

等待，无尽地等待。不久我估计的事情终于发生了，有一个新兵突然发作了，我已经观察他好久了，看到他牙齿不停地动着，拳头握成球形，那对因受到追猎而瞪大的眼睛，我们见得够多了，像听到有人在召唤他，他试图爬出坑道，我躺下来堵住他，问道："你想去哪里？"

"我马上就回来。"

"你等一下，炮火已经在减弱了。"

他倾听着，眼睛瞬间变得明亮了，然后，他的眼睛又射出疯狗似的浑浊的亮光，他一声不吭，把我推开。

"稍等几分钟，伙伴！"我喊道。韦斯特胡斯注意到了，正当那新兵把我推开时，韦斯特胡斯一把揪住了他。

他马上开始狂闹："你们放开我，放开我，我要出去，让我出去！"

他什么都不愿意听，只是猛扑猛打，满口唾沫，这是战地恐惧症的一次发作，他感觉在这里要窒息，唯一的愿望是要到外面去，如若我们让他出去，那么他会在没有掩体的情况下，到处乱奔，像这样的情况，以前也有过。

韦斯特胡斯示意我，他想去拿绳子，试图把他捆起来。然而这位新兵发起疯来力大无比，我一松懈，他就拔腿而跑冲出了掩体，我也跟了出去，我心里在想是否要打断他的腿——就在这时，传来一声呼啸声，我立即扑倒在地上。当我站起来时，壕沟的墙壁上已经沾满了滚烫的弹片、碎肉和军服破片，我爬了回来。

我呆坐在掩体的一个角落里，表面平静，内心却已经像一棵腐朽的树一样倒塌了下来。

我由于极度的恐惧而变得麻木，这是最致命的紧张，由于害怕再发生什么预想不到的事情，我已经不敢去注视任何人。我咬紧牙关，心想，一切都会过去的，我们一定会脱离险境的。

爆炸声一下子消失了，但炮击仍在继续，都打在前方，我们的战壕安全无事了，我们都抓起了手榴弹，把它们扔在掩蔽壕前面，并且跳了出去，密集的连珠炮火已经停止，取而代之的是猛烈的掩护炮火，它在我们的后方，进攻终于开始了！

没有哪个人能够相信，在这片被炸得千疮百孔的地方还会有人。但是现在，到处都有钢盔从战壕里冒出来，我们近旁的一架机枪也架设了起来，立即哒哒哒地进行扫射。

铁丝网被打得支离破碎，然而它们多少总还是造成了一些阻碍。我们看到冲锋的敌人过来了，我们的炮兵部队开火了，机枪和步枪一齐响着。敌人往这里靠近，克罗斯和弗兰茨开始扔手榴弹，他们尽可能地把手榴弹扔了出去，我们递给他们的手榴弹引线都已经拉开，克罗斯能扔五十米远，弗兰茨能扔六十米开外，这都是反复检验过的，这点很重要。

敌人从那边过来，在奔跑中是没有什么作为的，只有到达离这边三十米处才能干出点儿什么。我们一眼就能看出敌人那些扭曲的脸和扁平的钢盔。他们到达残存的铁丝网时，遭受的损失已经很明显，他们中的许多人都被我们边上的那挺机关枪撂倒了，后来我们的机枪多次出现卡壳，他们才得以靠得更近。

我看见他们中间有一个人跌到封锁线上的铁蒺藜里去了。他的脸高高地抬起，他的身体慢慢地往下倒，一双手仍然垂挂着，仿佛要祈祷似的，随后他的身体完全倒下去了，只有被击中的一只手连同胳膊的残留部分仍挂在铁丝上。

在我们正撤退的一瞬间，前面有一张脸从地上抬了起来，在一顶钢盔的下面，露出一撮儿松黄的山羊胡子和一双眼睛，那浅蓝色的眼睛紧紧地盯着我，我举起手榴弹，但我知道我甩不到这对异样的眼睛上。一切都在疯狂地进行着，只有这双眼睛一动也不动，我边上的恰登顺手拿过我手中的手榴弹，拉开柄上的引线，很快地扔了过去，顷刻，灰飞烟灭。

我们变成了危险的野兽，我们不是在战斗，是为了免遭消灭而在保卫自己，我们扔出的手榴弹不是为了对付敌人。关于战争，我们在这一瞬间知道了些什么。死神在我们近旁游荡，我们怀着疯狂的愤怒，进行破坏和杀戮，拯救自己，并且进行报复。

敌军的进攻已经被我们的炮兵粉碎得支离破碎，炮火延伸到一百多米远，我们又向前冲。在我身旁，一位二等兵的头颅被打了下来，鲜血像喷泉一样从他脖子里喷了出来，而他还跑了好几步才倒下。

太阳是从厚厚的云层中钻出来的，阳光令这四分五裂的土地闪烁着油光。这土地始终是疯狂行动的背景，我们的喘息如同钟表发条在咯咯作响，我们的心脏像大鼓被擂得山响，我们的嘴唇干燥，我们的咽喉要冒烟，我们的脑袋比狂欢过后还要混乱。

手榴弹爆炸的响声猛烈地冲击着我们的胳膊和腿，我们像猫一样躬着身子跑着，我们被一波波的爆炸声浪淹没，但这种声浪又蛊惑着我们，使我们变得残酷，变成我们眼中的魔鬼。这种声波使我们在恐惧、愤怒和求生时增加了数倍的力量，它使我们通过屠杀对手获得拯救，我们都疯了！

我们一路踉跄，令人痛苦，强有力的场面钻进我们被打得全是窟窿的灵魂里面，到处都是抽搐着垂死的士兵，他们躺在那里，仿佛必须如此，当我们从他们身上跳过去的时候，他们就抓住我们的腿，同时大喊大叫。

我们已经丧失了相互之间的一切感情，我们是毫无感觉和情感的死人，但这样的死人，竟然能够奔跑，也能够杀戮。

我们冲进了法军阵地，到处都有钢丝钳发出的咔嚓声，木板扑通扑通被搁到铁丝网上，我们穿过狭窄的通道跳进了战壕，我们前面那段笔直的战壕已经变得空荡荡了，我们跌跌撞撞地跨过滑溜溜的人肉碎片和一具具软绵绵的尸体。

与敌人的接触暂时中断了，但我们不可能长时间待在这儿。因此，我们得在炮兵的掩护下撤回我们的阵地，在得知这一情况时，我们以极快的速度冲进最近的掩蔽壕，把我们看得到的罐头，尤其是腌牛肉和黄油罐头，在我们撤走前统统拿走。

我们顺利地退了回来，法军那边没有再发动进攻，我们横七竖八地躺了一个多小时，没有人说话，我们已经精疲力竭，虽然我们饥肠辘辘，却没有人想到那些罐头。后来，我们才逐渐恢复得像个人样。

法军的腌牛肉在整个前线是很出名的，有时候，它甚至成了我们发动一次突然袭击的主要原因，因为我们的给养很差，经常忍饥挨饿。我们吃的是萝卜酱，而他们有的是肉，只需伸手去抓。此外，恰登还搞到了一片薄薄的法国面包，虽然一角上沾着一点儿血，但那是可以切掉的。

真是幸运，我们一共搞到了五个罐头，韦斯特胡斯还缴来了两军壶的法国白兰地，我们一个个传递着喝。好东西跟一条上好的掩蔽壕一样，同样可以拯救我们的生命。

夜幕降临，一团团迷雾从弹坑里升起，看上去，这些坑洞里藏满了幽灵，白茫茫的雾起先还只在坑洞的四周怯生生地试探，接着就放胆越过坑沿不断地向四周扩散。

天气阴冷，我在放哨。

我凝视着黑夜，心情有些糟糕，每次进攻之后总是这样，我单独和自己的思想在一起，实际上这些思想充其量只不过是一些乱七八糟的回忆，只要我一虚弱，这些零星的记忆片段就会向我袭来，让我产生一种古怪的情绪。

生活给予了太多的无能为力，它使我心情异常沮丧，随后这一切又在接下来的一颗照明弹的光亮中融化了。我抓住自己的步枪，枪管有些潮湿，我一只手握住枪管，一只手把水迹擦去。

我们家乡有一条宽阔的河流，四周总有一些清浅的溪滩，湛蓝的天空映在漂满金黄叶子的水流上，这美好的景色总限制着我的幻想。有时候我发觉，我对女人的喜爱拗不过对自由生活的向往，那些日子真令人动情，至今仍使我心剧烈地搏动，要过好一阵子它才能恢复过来。

我的双手变得冰凉，身子在微微颤抖。雾气开始越聚越多，这叫人可怕的雾，它在死去的战士身上潜行，吮吸他们最后躲藏着的生命，明天，他们将变得惨白，甚至发绿，他们的血也将凝固，变得乌黑。

所有涌现的记忆都极其宁静，它们像关掉了声道的老电影，只有眼神和手势，没有言语，悄无声息——这沉默中有震撼人的东西，它逼迫我握紧我的武器，以免我在这种宁静中不可自持，经受不住诱惑，它使我舒展开灵魂与躯体，消融在回忆往事的巨大力量中。

它们是如此宁静，我简直无法理解，因为前线压根儿就没有安宁的日子，战争的阴影无限延展，以至于我们从来就没有逃脱过它，即使在离此地很远的兵站和休息营地，炮火的嗡嗡声和低沉的隆隆声依然在耳际回响，我们从来没有去过远得听不见这些声响的地方。这样的时日，真叫人无法忍受。

往昔的日子一个个被唤起，与其说是流连，不如说是悲伤，一种巨大的、不知所措的空虚和绝望——其原因就是这种宁静。这些情景曾属于我，但是它们再也不会回来了，他们已经离去，它们是另一个世界的，这个世界对于我来说已经消失。有时，暖风一吹，阳光一晃，就能唤起我们内心一种叛逆的、野性的欲望，在我们披上朝霞或者被醉人的晚风撩起衣襟时，我们总要放声唱一些军歌，它们是隐藏在我们心里和发自我们内心的一种强烈的感情。

而这个浓重的夜晚，我已经失去了这种心情，它再也没有出现在我的心中——我已经死了。它在遥远的地平线，在黑黝黝树林的剪影更远的坎特拉山，那儿有一种捉摸不定的反光，它缠住了我，我既害怕它，同时又毫无希望地爱着它，它很强烈，我的欲望也很强烈，但是它实现不了，我知道这一点，就像要当将军的愿望一样，是徒劳无益的。

照明弹一直在飞向空中，把它们冷酷无情的光投到呆滞的地方。我皮肤下面的血液把恐惧和不安带到我的思想里，我的思想因此变得脆弱，它希望得到热量和生命。没有这些，我的思想无法活下去，它会在赤裸裸的绝望中不知所措。

当然，只要还有热腾腾的东西吃，日子就不至于完全绝望。一想起那些美食来，我心头免不了热乎乎的，紧缩的心脏也舒展开来，血液流得更顺畅，脉搏跳得更有劲儿，这一切又使我镇定下来。我勉强地强迫自己耐心地等待着别人来换我的班。

稍后，我走进了掩蔽壕，找到了一大杯麦糁儿。那是用羊油脂煮的，味道很纯正，我细细地品尝着。别人的情绪都比较好，因为炮击已经停止了，恰登又在那儿放言要出去找些好吃的东西回来，他总是那么鼓舞人心。

日子就这样悄悄地溜走，既不可理解，又不可理喻。

四

进攻和反攻交织着，双方坑道里的尸体都越堆越多。离得不是很远的伤者，我们都能找到也能抬回去，但是也有一些人不得不躺上很久，我们听着他们死去的声音。

今天白天，我在掩蔽壕中看到了一只老鼠，我掏出枪时，它突然停下了脚步，用豆大的眼睛盯着我，它的眼神让我想到了自己，要是有一天我也被敌人堵在走投无路的境地，我是不是也会用这样的眼光看着对方，当然我仍毫不犹豫地把它击毙了。

夜里，我们又听到了那边隆隆的滚动声，白天只是一般的炮火，所以我们还可以修补战壕，娱乐消遣同样有的是，飞行员们很照顾，每天空战无数次，总有观众看。其间，一架以坚固著称的“容克大妈”运输机，像一颗彗星拖着一条浓浓的烟雾，一头栽了下去。弗兰茨因此输掉了一块坚硬无比但带着体温的黑面包，这令他一下午闷闷不乐，脸色很难看，像挨了一顿揍似的。

战斗机和运输机倒是可以忍受，但是对侦察机，我们却像憎恨瘟疫一样恨之入骨，因为它总是把炮火引到我们这里。它们出现过数分钟后，榴霰弹和榴弹就像雨点一样发射过来了。时间久了，我们的耳朵变得越来越灵敏，我们能够听到小型炮弹发出来的极其险恶的嗡嗡声，这种声音普通人几乎听不到。韦斯特胡斯告诉我们，这种小型炮弹比那些早就可以听到响声的大型炮弹更加危险。他还示范给我们看，遇到敌机要怎么隐蔽；若是受到攻击被敌人追上该怎么装死；面对带有触发起爆信管的榴弹时，如何闪电式地扑到弹坑里去；如何准确计算，才能使手榴弹在着地前半秒钟爆炸。他还教我们敌方手榴弹和我们的手榴弹在起爆时间长短方面的区别。我们静静地听着，都格外认真。但是真实的事件一发生，我们在激动之中又总把事情做错。

战争教会我不用表就说得出时间，甚至在夜里，从睡梦中醒来，我通常都能说出时间，前后差不了十分钟。现在太阳一点点靠近坎特拉山，差点儿把它点燃。我在想伊尔泽会不会结婚呢，这事越想越糟糕，使我十分后悔那天没有去找她。

鲁贝卡上尉带我们到这儿来已经有一个多月了，我们损失有一半人了，其中有三个人被炸得稀巴烂，恰登亲眼看见，他说可以用调羹把他们从战壕的墙上刮下来，埋葬在饭盒里。

进攻、埋伏、冲锋、反攻，从前这只是几个单调的词汇，我根本不知道它们包含着多么惨烈的内容。我们损失了许多人，大多数是像我和克罗斯一样的新兵。不断有增援部队加入我们队伍，大多是最近征召的与我们一般年纪的年轻人，他们几乎没有受过什么训练，只学了一些理论知识就来到了前线。他们差不多只认识手榴弹，对于榴霰弹和榴弹几乎辨识不清。这些人之所以像割草一样被扫杀，原因是他们只恐惧不安地倾听那些大口径炮弹的怒吼声，而不去注意那些低而平的喷射着的发出咝咝呼啸声的榴霰弹，他们又喜欢像羊群一样挤在一起，而不是分散跑开，他们根本不懂得如何保护自己。

老兵阵亡一个，新兵通常会死去五至十个，这些可怜的人苍白的脸、可怜的紧紧地握着的手、那些悲惨的勇气、勇敢又可怜的冲锋和进攻。我看着他们怎样奔跑、怎样倒下去，喉咙仿佛被什么东西卡着似的。

一次突发的毒气进攻就夺走了他们许多人的生命，他们根本不知道如何应对。我们发现有一个战壕中堆满了尸体，个个脑袋发青，嘴唇发黑。他们躲在一个弹坑里，过早地把防毒面具松开，他们不知道毒气会往下沉，在坑底停留的时间最长，当他们看到上面其他人已经不戴防毒面具时，就把自己的面具也摘了下来。吸进去的毒气足够把他们的肺烧伤，遇到这种情况是毫无指望的，最后会因出血和窒息而死亡。

我们的班长韦斯特胡斯在两天后的一次进攻中被打死，他死得很沉重，没有扭动，没有翻腾。我当时离他不远，目睹了整个事情的经过，就像看一块倒下的岩石、沙袋或者类似的东西那样——砰，倒下——可不像电影演的那样，被打死的人还四处打滚，任意地旋来旋去，然后痛苦地挣扎——不像那样，韦斯特胡斯只是直挺挺地倒下了。砰，倒下。其他什么也没有了，就像他教我们如何躲避敌人的一次装死。

那是一个阳光晃眼的午后，我内心很痛苦，我责备自己，我跪下来拿走了他身上比我们更多的负担——弹药，还有大一号的水壶，所有这些沉重的东西。他是我们的班长，他总替我们这些新兵多背负一些东西。

晚上我们挖了散兵坑，把他给埋了。弗兰茨问他："干吗非得往那儿跑？事情怎么发生得那么快？你这个可怜的大家伙怎么就像一大块混凝土倒了下来？"他问得我们都流泪了。

然后恰登一整个晚上就在那儿出神发呆。他说："砰，倒下——像水泥一样。"

我的心开始像凝结了的水泥块一样，坚硬、麻木，平生第一次对时间和空间有了新的认识，我认为一切的问题都是被时空纠结的问题，韦斯特胡斯从我们这个世界的时间缝隙里挤了出去，他那儿的空间可不会再有那么多沉重的负担。这样想着，我的心又准备展开翅膀了，又不知不觉地做起了白日梦，阳光灿烂，暖风熏人，我们光着脚，身上没有什么装备，吃着腌牛肉，上好的腌牛肉，心旌摇曳，诗人的感情，厨子的手艺，所有的爱与愉悦……

卡特暂时来负责我们这群人，我很奇怪他怎么还活得好好的。战场上有许多东西不可理解，譬如，有许多身手不凡、行动敏捷的家伙，总是早早挂了；而一些木讷点儿，看上去弱不禁风的，总是活得更久一些。

他一见到我们就露出了笑容，但我们表情冷淡。要是几个月前，我还会报以礼节性的微笑，现在我只剩下最真实的东西了，要么哭，那一定是伤到了心肝；要么笑，那一定是没了心肺。除此之外，只有食物才令我感兴趣。我吃腻了石头一样硬的面包，但我们仍把它当成宝贝，藏在内衣兜里，非得贴着我们的身体才能安心。

下午，我们隔壁班有一个老兵被榴弹炸死了，下半身连同两条腿都扯了下来。他死了，上半身还倚着战壕的一侧，脸呈干柠檬黄，一支香烟仍在大胡子中间点燃着，烧到了嘴唇才灭掉，他点着的烟居然比他更迟熄灭，这事儿他无论如何也料想不到。

我们班开始触霉运了。傍晚时分，弗兰茨的背部被炸开，于是他被送走了，他每一次呼吸，我都能通过伤口看到他的肺在搏动，我只能握住他的手。

“我完蛋了，莱布尼兹·杜德。”他呻吟着，疼得咬住了自己的胳膊。

“你不会死的，一切都会好起来的。”我只能这样安慰他。

卡车还没开出多久，他就死了，寂静延伸到了无穷远。在隆隆的炮火之中的寂静才是真正的寂静。我一直在想一个小小的问题，要是韦斯特胡斯当时向左边多跑两米，那么他现在一定仍待在这掩蔽壕里给他妻子写信呢；如果弗兰茨当时能够再朝前面弯下五厘米，那么他妻子以后的日子里就不用对着那一望无际的农田愁得展不开眉，他最小的孩子可以老远地看到他挥舞着粗壮的手臂，然后一把被举上了头顶。

但是我不能这样想，因为这是我们每个人的命运。

关于停战的谣言传开了。

恰登说："这个时刻终于到来了。"然后他深灰的眼睛渐渐有了亮光，像曙光渐露。

大家一向非常枯燥的幻想这时候活跃了起来，

"是吗？是不是就不会有战争了？"克罗斯心不在焉地说，他现在与我一样，总是比较理性，虽然我们刚来这儿的时候可不是这样子的。

"我相信战争肯定还是有的。"卡特淡淡地说。

"也许我们要被派往俄国去了。"克默希里说。

"这个我不知道。"卡特又插话，"无论如何，战争还要进行下去，而且参战的国家每个月都在增加。"

"到俄国去？那里实际上已经没有战争了。"克罗斯说。

"所谓战争，在大多数情况下是这样，一个国家严重侵犯了另一个国家。"卡特作为历史老师，已经很久没有找到给我们讲大道理的机会了，对他来说这也挺遗憾的。

克罗斯却装出毫无感觉的样子。"一个国家？这我可不明白了。德国的一座山可无法去侵犯法国的一座山,或者一条河、一片树林、一块麦田，也无法去侵犯法国人。"

"你这个人要开导开导了，我说的根本不是那个意思，是一个民族侵犯另一个民族……"卡特有些恼火。

"我可不需要你来开导，这种事并不取决于你这样的乡巴佬。”克罗斯居然与我们以前的历史老师这样讲话，但我觉得克罗斯讲得对，卡特就是乡巴佬，自以为是的乡巴佬。

“必定有一些人想发动战争，因为战争对他们有好处。”卡特居然很耐心。

“你瞧，我可不是他们中的一个。”克罗斯笑着说。

“你当然不是，这里没有哪个人是。”

“那究竟是谁呢？”克罗斯追问着，“皇帝也没有什么好处，皇帝所需要的东西，他都有了。”

“话可不能这么说。”卡特回答道，“直到现在为止，他还不曾有过一场战争，而每一个伟大的皇帝都至少需要一场战争，不然他就不会出名了。你看看你的历史课本吧。”

“将军们也是通过战争出名的。”恰登说，“肯定有想靠战争发财的人在幕后策划。”

“我想，它更像是发烧。”我觉得我也得说说我对战争的看法，“本来没有什么人想要，可是它一下子就来了，我们没有表示过需要战争，别人也同样这样认为——尽管如此，半个世界已经卷进来了。”

“无论如何，仗在这边打总比在德国打好，你们只要看看那些布满弹坑的战场。”克默希里说。

“说得很对，但要是没有战争，就更好了。”恰登边说边把他整个身子倚在小土堆上，像丰收的季节躺在一大堆粮食上一样舒展。

“不谈这些无聊的事才好呢。”克罗斯心情有些不好。

“谈了也不可能发生什么变化。”卡特证实。

前线的恐怖，如果我们不去理睬，它就会消失，我们经常用下流和愤怒的笑话来克服恐惧的心理，当然还有幽默。这样做才使我们没有发疯。只要我们采用这种办法，我们就能够进行抵抗。但是这种事情终归维持不了很长的时间，幽默感一个月比一个月更辛酸。

猛烈的连珠炮火、掩护炮火、狙击火力、毒气、地雷、坦克、机关枪、手榴弹——这些词啊！包含着全世界的恐怖。

是不是已经过去了几个月，几年？事实上只是过去了几个星期，几天，我们看见时间在我们旁边、在垂死的人那没有血色的脸庞上消失，又在炮火烧炽的天边来临，我们把可怜的食物填进自己的肚子里，我们奔跑、我们投掷、我们射击、我们杀戮，我们随时随地地伏倒在地。我们身体虚弱，感情冷漠，只有这样一种情况在支撑着我们，那就是，还有比我们身体更虚弱、感情更冷漠、更加束手无策的人存在，他们瞪大着眼看着我们，把我们当成依靠，甚至把我们看成可以从死神那里逃生的众神，他们就是一些才上战场没几天的可怜的小伙子们。

在短短几个小时的休息时间里，我们对他们进行指导，就像以前韦斯特胡斯教导我们一样。“那儿，看见吗，那个摇摇晃晃的尖头？那是一个迫击炮弹，若是他正往这里来，那你就这样躺着，它会朝那边飞去，但是如果它这么打来，那么你就赶紧逃，迫击炮弹是可以躲避的。”

说实在的，我很想我们的班长韦斯特胡斯，我以前不应该怀疑他抓阄儿时作弊。当然我也想念弗兰茨，战争结束后，我应该去看望一下他的妻子和三个孩子。

只是不知道，我能不能活着下战场。

有时候生命极度脆弱，有时候却是惨不忍睹的顽强。我看到头盖骨被炸飞的人还活着，我看到两只脚被炸碎的士兵在跑着，他们靠着破裂的脚部残肢踉踉跄跄地拐进了最近的坑洞，一个二等兵用两只手拖着自己被炸烂的膝盖向前爬了两公里，另一个新兵朝急救所奔去，他的肠子从肚子里滑到他的手上，我还看到一些没有下巴、没有脸庞、挂着炸碎残肢的士兵……太阳升起，黑夜来临，榴弹在呼啸，生命已到了终点。

逃跑的俘虏

一

我们日益变得简单，只谈论食物。少得可怜的自由和干涸的内心与我们虚弱的身体一样，贫瘠程度同样彻底、难分轩轾。

不断有新兵加入我们的队伍。

日子又渐渐热闹了起来，那些小兔崽子什么也不懂，又什么都好奇。上过战场的老兵和新兵是有区别的，一开始我们并不爱搭理他们，慢慢地，我们发觉他们身上有许多差点儿被我们忘却的过去。他们兴奋地听着教官教他们如何分辨榴弹炮和迫击炮，叽叽喳喳讨论得很热烈，以为是去拍一场战争电影。他们还在用餐时喋喋不休地讲一些家乡的美食，对松茸的采集和鱼子酱的制作各自发表了意见。我一直啃着黑面包，喝着漂着切得很小的碎牛肉的汤，差点儿噎死。

每天上午，我们在白桦林里进行训练，阳光稀稀落落地打在我们脸上、身上，它们每时每刻都在变换着色彩。树干闪着最亮丽的白色，每当一朵乌云遮住太阳的时候，某块地方的颜色就加深了，几乎变成了黑色。这个阴影如同幽灵似的穿过灰色的树干，飘向荒原，一直飞向地平线。我的注意力往往无法集中，非常分散，差点儿没听到口令声。人只有独自一人时，才会开始观察大自然，热爱大自然。我在这儿没几个朋友，交往不多，也不希望超出正常交往的范围。大家接触不多，最多说说废话，晚上打打纸牌，而我又总是输。

我们的棚屋营房旁边，是一所很大的战俘营，里面关着一些俄军俘虏，我们与他们之间隔着几道铁丝网，这些俘虏虽然身材高大，大多数人都蓄着胡子，但是给人的印象却像是挨了揍的家犬一样。

这些天，天上出现了许多天以来的第一批飞机，信号灯一闪一闪的。战争将一直继续下去，眼下是换防后小小的间歇，我们都在充分利用这样的机会，因为我们之前的处境太令人绝望了。

恰登告诉我们，人不可以多愁善感太久。

然而除了适可而止之外，我别无他法，每当从前的一个景象闯入我脑海的时候，我往往会感到恐惧，但持续的时间并不长。我们必须尽可能用轻松的心情来看待自己的处境，许多混乱的思想、无聊的行为或废话总是直接地、紧紧地、毫无间隔地和恐惧混合在一起。

比起睡觉来，食物对我们更有吸引力。如何去找点儿好吃的东西，成了我们每天重要的功课。这方面恰登总是很幸运也很有办法。

凌晨时分，下了暴雨，我担心这样的雨夜被炮火突袭，大雨在悲哀地抒情，在痛苦地反抗，从来没有什么东西可以像雨这样彻底准确地表达我乱麻般的心情。

一早，天晴了。

我是被莱尔的歌声吵醒的，他在唱《荷那河的水牛》，他唱得很有感情。上铺的恰登挂下半个身子，把一包黑麦面包丢到我的床上，莱尔的歌声就这样轻而易举地打动了我的心弦。

将近两个星期的日子就这样在吃喝、闲逛与胡思乱想中过去了，战火没有打扰我们，这简直可以称得上是幸福的生活了。恰登已经变成了高贵的人，雪茄烟他只抽了半支就不抽了，他非常自负地说，他已经习惯这样做了。

有一天夜里，我和莱尔尾随恰登来到一处黑乎乎的房子前，看他从后窗户翻进去，约莫过了半支烟的工夫，他很困难地爬了出来，衣兜里鼓鼓囊囊的。

晚上他偷偷塞给我一小盒鱼子酱，我抓住他的一条胳膊，想对他说些什么，但最终还是没有说出口。我倒并不担心偷窃这样的行为会不会损害道德之类的东西，只是他像父亲般的照顾，让我的心像橡胶一样柔软，这让我有些手足无措。

坏事总是不长久。一星期后，恰登被人逮住了，少尉坐在办公室里，他让人把我们一个一个喊进去，我们都表示对军粮库的盗窃事件一无所知，最后，只留下了恰登一个人，他被罚三天禁闭。禁闭其实也没什么，就像待在战壕中一样，还不用胆战心惊。禁闭地点是从前的一个猪圈，恰登一个人被关在那儿，别人是可以去探望的，我们都知道怎么走到那儿。重禁闭跟坐地牢差不多，以前也有人被罚捆在树上，但现在已禁止这样做了。有时候，我们受到的待遇已经像人一样了。

恰登被关入禁闭室一小时后，我和莱尔、克罗斯就出发去看他，恰登像鸡啼一样欢迎我们，我们还给他带了一些食物，当然这些都是他两天前从军粮库偷来的，我们甚至觉得偷那么多粮食换来三天禁闭还是值得的。后来我们就打斯卡特牌，一直打到夜里，当然是恰登赢了，那个善良的可怜人。

“下次我来干。”莱尔对恰登说。我们听了都大受鼓舞，这是我听到过的从莱尔嘴里说出来的最男子汉的一句话。

平静的日子是从上一个平静的日子里推演出来，兵站的日子就这样排成行列。我在想，这段日子会不会成为我军人生涯中最美的光阴——安适快乐，乐不可支，还有点儿小幽默和小幻想。人总是本能地排除万难，向往自由，奔向无限，勇敢地反抗固执者的死硬教条，欣然地创造着更优越的生活补偿自己。这一点恰登比我做得好，当然我也不赖。

这个地带温和多雨，我们若无其事地每天看着日头东升西落，两手空空站在那里。等待真是一种象征，等待神的降临，把我们变成所向披靡的人；等待也显露出一个庞大的现实——教养、学识、容貌和财富都奇异地改变了它们的比例，原先在我们心中坚固的信仰开始动摇，嘎嘎作响。也许对于整个人生和世界以及人与人之间的关系，同样的情形，我们从狂野的自然中、从战火的喧嚣中、从至真的本性中来观摩，会有更透彻的了解。

我们已经深刻地明白，见解与智慧并不包括在百科全书里边，也不在哲学论著中，更不在迂腐卡特的陈词滥调中，而是藏在美味的流油的鹅肉里，藏在褐色皮肤的吉卜赛女人的怀抱里，也藏在每一个侥幸活下来的日子里。我们不相信补救的力量，谁也不相信，经过生与死的考量，我的脑袋里充满着许多奇思妙想，像一出轻松活泼的浪漫剧，打破了我习惯的桎梏。起先我以为我是掉入了下流恶俗的深坑，时间一久，我便意识到“存在的一切便是最好的”。在战争澎湃的大浪涌进我的心灵之后，我已经不再小心翼翼去忏悔我曾经的过错、责备自己的懦弱与胆怯。在我看来，没有一件事是神圣的，也没有一件事是卑劣的,再没有“过去”压在我的背上。从某种程度上讲，我的心开始衰老了。

二

隔着铁丝网，有一个高大魁梧的俘虏一直盯着我在看，为此，我老是不自觉地朝自己身子两旁打量，试图找出一些引他注目的东西来。每当我这样做的时候，他就憨憨地笑，笑得很凄楚，也许是一些自由的东西，也许是暖暖的阳光照亮了我还算健康的面容，这些东西一定是他非常向往的，但我不愿承认他只是在盯着我看，也许我像他认识的某一个人，也许他还有些别的想法，总之，这些我都可以置之不理，但是好奇心驱使着我。

有一天值哨时，我走了过去，隔着铁丝网，他朝我露出了两排洁白的牙齿。“兄弟，能帮我寄封信给我家人吗？我知道这很难，但是我一定得努力一次，因为……因为……”他支吾了一小会儿，“我很想我的孩子，你有孩子吗？”他充满希望的眼睛盯着我，然后眼神马上黯淡下去。我虽然没有结过婚，但我能够体谅他的心情。他会德语，而且说得还很流利，这直接拉近了我们之间的距离，他掏出了一张皱巴巴但显然保管得很好的纸，把它递给了我。

我马上把它塞进了我的上衣口袋，我喜欢做些不可能的事。我问他以前做什么。他说：“我是一家银行的精算师，有很好的收入和幸福的家。”我点点头，向他保证，我会帮助他的。

晚上我躺在床上，翻来覆去地想，我这样做很危险，但是我实在难以把他们想象成我们的敌人，他们是那么卑微与羸弱，风一吹就会倒下死去。其次我还坚信，除了生命、不息的变迁和丰富的食物之外，没有东西是确定的，我对偏见已经厌倦，一心想做出一些与众不同的事情来。

时间消磨了一切的陈规旧俗，眼下的生活已经彻底改变了我们。

接下来的两天里，我总是在黄昏隔着铁丝网与他说话，我对他产生了莫大的兴趣。他说他酷爱打猎，能够在丛林中生活几个月而不至于饿死，他还曾徒步西伯利亚原始林区，可以不借助任何工具分别出方位。

我想有一样东西是不分国界的，那就是吹牛与想象。他说这话时，我不禁向天空望去，绚丽多彩的晚霞持续了将近一刻钟，一弯新月伫立在天空中。只有不远处的白桦林和小云衫劈头盖脸地落满了红纱，那模样像羞怯、老实的庄稼人。

红霞像出了膛的火炮，色彩渐次演变，一只信鸽凭着嗅觉沿枯叶覆盖的小径匆匆赶路。

那个夜晚，我做了平生第一次胆大妄为的事。

我放走了他，还顺手拿了卡特军士的一件长大衣送给了他。临走时，他把手放在胸口向我深深鞠了一躬。千真万确，我能肯定我做了一件不可思议的事，同样也是毕生最有价值的事。看着他很快消失在夜幕中，我心中生出了无限的荣耀，呼吸的空气也像创世之初般的纯净,我的胸膛充满了自由的火焰，它简直快把我给烧灼了起来。

那晚，卡特像黑琴鸡用爪子耙遍了整个军营，他不敢相信他的军大衣会不翼而飞。只有我睡得很踏实，梦见在寂静的白雪皑皑的林子里，每一朵雪花都是那么栩栩如生，它们在互相交谈，窃窃私语，用我不懂的语言。

后来我到了莫斯科，又遇见了那位不知名的俘虏，我们肩并着肩说着话，他说他喜欢云杉，不管压在身上的雪有多重，它宁肯断裂也不弯腰,而白桦只要有一点儿压力就会弯下腰来，云杉是真正的勇士，而白桦只知哭鼻子。

醒来后，莱尔告诉我："昨晚有位叫伊夫的俘虏逃跑了，听说他还是个人高马大的家伙。”

“顶多是一头快瘦死的骆驼。”恰登说，“我估计他逃不出十英里。”

“他这会儿去瑞士，还可以赶上一年一度的滑雪节。”克罗斯懒懒地说，太阳正透过窗棂照在他的脸上，阴影部分像一条条疤痕。

“瑞士早关闭了国境线，封锁了公路和铁路，伊夫可不是阿尔卑斯的苍鹰。”恰登纠正道。

“上头决定今天击毙一部分俘虏。”史托姆军士第一次走进我们的营帐，“你，还有你——出来一下。”他命令我和莱尔。

我有些紧张，三只由“担心”产生的鸟儿在我胸中扑腾——恐惧、沮丧和坏消息，这三只不怀好意的鸟儿，在心头不祥地转悠，老是在嘲笑我。我随史托姆来到了他的办公室，当然还有莱尔。我回头看了一眼莱尔，莱尔朝我扮了一个鬼脸。

“你们知道伊夫的一些事吗？”史托姆很平静地看着我们。

“我并不认识他。”我矢口否认。

“但是有人看到你们经常在一起，他逃走的前一晚一直与你在一起。莱布尼兹·杜德下士，请你看着我的眼睛说话。”

“报告军士长，我不清楚他叫伊夫，我只知道昨晚我与一名俄国俘虏待了十五分钟，他说我迟早会被榴弹炮炸成稀泥。”

“然后呢？”史托姆军士问。

“然后，他问我要香烟抽。”说完，我认真而无辜地看着史托姆军士。

他点点头，示意我继续说下去。

“我给了他一支烟，叫他抽完可以去死了——”

“没其他了？”

“报告军士长，没有了。”

“好，莱尔。你说你昨晚看见伊夫和莱布尼兹·杜德？”

我转过头狠狠地盯了莱尔一眼，我真想掐死他。

“对，我看见莱布尼兹·杜德了，长官。”

“伊夫呢？”

“当然。伊夫跑了，允许我向您坦白，尊敬的长官，您看到了，今天阳光灿烂，他选了个好日子，这会儿他已经在瑞士边境，他会用他的麂皮靴子买通警卫，当然他还会许诺一些黄金，然后在暖阳的山坡上喝松露酒，若是能来点儿上好的牛排也不坏……”

“你给我闭嘴！霍特雷夫的农民，你在戏弄我？”

“不，我只是调节一下气氛，不过我得承认，这个令人发疯的世界，伊夫给其他俘虏带来了慰藉和兴奋。我们活在世上责无旁贷的职务是‘反抗’，把不为人知的事物公之于世。长官，每个人的灵魂都是属于苍生的，由神灵主宰着，我们体质粗鄙，还处在最低下的进化阶段，我们在报复，史无前例地野蛮堕落，淫猥地享受欲望，像面对稀有的美食和美色一般……”

“自以为是的蠢夫，是什么把你迷了心窍引上了歧路？”

“不切实际的思想、执拗的愚痴和可耻的良心。迟早我们都会死，长官，我所关心的不是庸俗的死，而是从卑鄙的深渊中脱身，在自由的死吻下骄傲地逝去。”

我看着霍特雷夫的农民——莱尔先生，感觉自己像一封信被装进了信封，贴上了邮票，盖上了邮戳，然后长出了翅膀，开始被一种感觉所震撼，并悠悠荡荡，飞上了天空，收信人是恰登待过的废弃的猪圈——我和莱尔被关进了这里,禁闭三天，时间是下午 4 点钟。

三

你一定奇怪，我可以准确地报出时间，因为，阳光正斜斜地落在猪圈的小窗户上，一万片桦树叶子一齐在嘲笑我们，笑得前俯后仰折了腰。猪圈是比较开阔的那种，禁闭只是在门上加了一把锁，并没有什么粗暴的待遇。在这里可以轻易地集中思想，小窗户外有一股温暖新鲜的空气透进来，整个春天在微妙、饱满地流露出来。莱尔让我像个诗人。

屋内的光线严肃、专注、阴沉地胶着了片刻，就融化在窗外绚丽的光亮中，深沉的阴影与饱和的金色阳光交织在一起，明亮的天空映衬着雪白的树枝，枝条柔和、分明。

太阳卡在枝梢掉不下来，它的光芒比之前更浓郁更温和。莱尔坐在屋子的一个角落里，他躲着阳光，低头轻轻哼着小调，短短的一节音乐，一段调皮的升扬的旋律，拖着长长的尾巴，这时夕阳开始落在了长长的云带上,好像将整个林子都点燃了，一丛丛金黄色的树叶在风中跳跃翻飞，像火、像战火、像炮轰倾泻出的橘色光辉。

“伊夫是我放走的，莱尔，你相信我会这样做吗？”到现在，我自己都开始怀疑是我亲手放走了伊夫的现实。

莱尔抬起头看了我一眼，他那张亲切的脸上有一种似乎是抑制着的微笑。

“有一天他会举着枪瞄准你的。”

“我赌他不会。”

“这可说不准。”莱尔有些严肃地看着我，“不过，我不愿意跟你争辩，否则你连取得谅解的梦也做不出来了。”

我只是想要建立一个完整的自由的精神世界，我是这个世界的王，我可以发号施令，做一切自己认为对的事情，我的占领欲和进攻心所向披靡。

我无法确定，伊夫是否已经成功地逃出了德占区，愿上帝保佑。

第一天，我在无边的想象中度过了。我仿佛回到了少年时代，每当星期天或者节假日，我就会爬上老榆树，透过密密的树丛谛听远处传来的召唤坎特拉山农民去教堂的钟声。我倚靠着大树干，默默地倾听那虔诚的低吟，教堂铜钟的每一记颤音都使我那颗童真无邪的心感受到一些悠远的忧伤，这情绪仿佛从很远的地方一波波地漾过来，淳厚质朴、安静祥和。现在我明白了，那不是从很远的地方，而是从很久以后的今天包围过去的，这钟声里有亲人和故国、生命与死亡、过去与将来。这就是宗教的魅力，它无所不知、无所不包，让每一颗冷酷的心都会毫不犹豫地颤抖。

晚上刮了一夜的南风，熏得我有些心慌意乱，我竖着耳朵听着屋顶上运输机飞过的呼啸声，久久没有入睡。莱尔一向起得很早，今天却对自己的性子让了步，一直睡到了晌午。我内心有些负疚，脑袋昏沉，神情紧张，垂头丧气，再加上空气中开始有了暧昧的春的气息，平添了一股忧伤。

莱尔说，等禁闭结束，他要再去运河对岸，看看他的姑娘。然后他拿出了香烟来抽，我的头顶上开始烟雾缭绕，他舒展着四肢，伸着懒腰，笑声朗朗。士兵要是没有烟草，是难以想象的，它是我们忠诚的伙伴。

恰登给我们带来了热乎乎的油炸土豆饼，他用锡纸包着揣在怀里，还给我们带来了果酱，他总是有办法弄到好吃的。

他给我们带来了一个坏消息，他说："早上巡逻兵发现了一个越狱的俘虏，一枪把他击毙了。"

我张大了嘴，顺手把一块土豆饼塞进了自己的嘴巴，我吃得狼吞虎咽，我已经好久没有吃到这么美味的食物了。我内心很难过，可我得掩饰这突如其来的情绪。从某种程度上来说，是我害了伊夫，他本来可以多活些日子。

"谁想获得新生，必得先准备死亡。"莱尔说出了一句比较有哲理的话。

我细细地品味了一番，发觉这句话带着斯巴达勇士的气概，涌起的感慨和逝去的时光使我心头发紧——不可思议，我变得如此多愁善感。

“为什么我们要对其他人那么疯狂？”我的问话声音很轻，因为我心头有更准确的答案。

“这不是疯狂，准确地说，是有些人要做一件事，另一些人要做另一件事。”恰登像洞穴人一样蹲在我们身边，我喜欢他的真实。

“我觉得有时候灵魂与肉体并不能合二为一，自由更无从谈起。”

“我对自由不感兴趣。”莱尔插了话。

“你呢？”我问恰登。

“我什么都不要。”恰登回答，“除了活着。”

“就这个？”

“是的。”

我后来才知道，逃跑的俘虏被杀是军方编出来的谎言。

对我而言，战争有一种幽灵般大雾的感觉，持久而浓重。一切的感觉都缠绕在一起，秩序和混乱交织在一起，正确和错误含混不清，我丧失了将事物辨识清楚的能力。

伊夫从此成了我生命里的故事，如果我活着，我还要把这事告诉我的孩子。在邪恶之中，你想成为一个好人，像死后重生一样，你认识到了什么才是最有价值的，你爱上了自身和周围的一切，包括你的敌人。

浮士德的瓦尔普吉斯之夜

一

我们没有逃避兵役，但我们都成了生活的逃兵，我们躲开了真实的自己，躲开了我们的生活。我们刚刚开始热爱这个世界，热爱家乡，热爱生活，然而我们又不得不向它开炮，那第一颗炮弹，可不是落在敌军的阵地上，那是打在了我们的心坎上啊！从此，我们就与自己的理想、追求、文明割断了联系，我们再也不相信它们了，我们只相信战争。

1940 年深秋的某个夜晚，我一分钟也没有睡着，我感到很忧伤，也很无助。克罗斯用沙哑的声音唱赞美诗，我一度以为他的脑子烧坏了。后来他从床上坐起来，一点点挪近窗户，发出死亡似的叹息。我可以想象他绝望的眼神，仿佛最后一次眺望人世似的，随后他又发出不规则的呼吸声，屋里的鼾声开始此起彼伏。

没有战火的夜显得特别安静，我躺在床上胡思乱想，打算按钟点把这静谧的夜租出去，一小时一支香烟，多么无忧无虑和快乐的经营啊！只是我的身体也很虚弱，这样美妙的想法，并没有让我激动。

天麻麻亮，我却入梦了。

我们仍然列队行走，克罗斯走在我的前面，我们路过法国人居住的村庄，我想这里够安全，法国人对还住着法国人的村庄是不会炮轰的，但只几分钟后，空气发出吼声，大地剧烈颤动——手榴弹打散了我们的队伍，我们四散扑倒。

“起来，莱布尼兹·杜德，赶快！”克罗斯对我大声喊叫。可我起不来，我发觉自己的灵魂已经离开了躯体，我俯视着大地上的一切，我的战友三三两两哭着喊着我的名字，我晃晃悠悠，越过篱笆，越过池塘，发觉天空一片明净，阳光既温暖又惬意，我不禁绽开了笑容。醒来后，恰登告诉我，克罗斯已经去了天国。我一把扯住他的前胸，把他拎到一边，噌的一下跳下床去找克罗斯，摸了一下他的床铺。

“恰登，你说谎，床还是温的！”然后恰登就像孩子一样嘤嘤地哭了起来。他的哭声让我觉得我们窝囊透了。

到了中午，炊事员为我们端来一锅稀薄的汤、几块薄薄的酱饼，我们既贪婪又冷漠地把它们吃完。现在，能唤醒我们的除了饥饿，似乎已经没有别的什么了。

“莱布尼兹。”恰登突然想起了什么，“我们在车上落了两袋食品。”

我不知道谁享用了这两袋食品，里面是牛肉罐头和腌火腿，该死的遭遇。我们死了那么多人，运气背到家了。

克罗斯死了，恰登得到了克罗斯那双麂皮靴子，我曾经梦想穿着它在沾满露珠的林子里散步，踢散兵坑里的碎石子，踩几茎开得稀稀落落的野花，现在我再无这样的想法了，我觉得克罗斯的魂魄会一直缠着这双靴子，一定会使我碰到一些可怕的事情。而恰登可以穿着它当他的邮差，邮差总会遇到些奇奇怪怪的事，对此我深信不疑。

我只得到了克罗斯一直随身带着的法恩哈根·封·恩泽的《德国小说集》,因为我喜欢里面的恐怖小说《警告的阴魂》,讲述了一个父亲要杀自己的儿子，死去的母亲的阴魂在夜间向儿子警告，我迫切想重温这则故事。

下午我们等候着火车，空气湿答答的，我们的衣服很薄，我冷得发抖。我们已经等了两个小时了,卡特军士、恰登和我。

列车到达时，站台灰蒙蒙像到了傍晚一样。我茫然无措，随波逐流。卡特告诉我们，到了前方兵站，我们的假期就会批下来，那时候，我们就可以回家好好享受一下了。我们上了一节红十字车厢，我被安排在上铺。

我心如死灰，一点儿也开心不起来。

二

车窗外是被德军占领的法国。铎米尼克斯的教堂越来越远，渐渐消失在雾霭之中，但我突然听到了它的钟声，几乎是泼辣地尖叫，我全身打着寒噤，我们的克罗斯开始有了一张抽象的脸，他在朝我走来，像以前一样亲切地对我说：“你别害怕，不要以为我是鬼，如果你以为看到我是看到了鬼，那你一定上了幻象的当。”我下了上铺与恰登和卡特军士坐在了一起。

我生性是无所畏惧的，可是对于鬼魂，我却怕得厉害。什么是害怕？它是出于理性，还是出于感性？

“我刚才看到克罗斯了。”

“这有什么奇怪的，我们天天看到他。”

“我说的是鬼。”

恰登躺了下来，对我的话他并不理睬。只有卡特用食指把眼镜往上推了一下，他盯着我看，并且充满了兴趣，他的脸色比以前更差了，他的眼眶也塌陷得更深了。

“什么是鬼？你能给我下个定义吗？”卡特问我，像以前历史课上的提问一样严肃。

“或者这样说，对于鬼的可能性的前提，能给我做个推理吗？”

我兀自摇了摇头，碰到像卡特这样的老顽固，鬼自然不敢出来了。

“世界有两个领域，我们在的是此岸世界，即现象世界，是用感性和理性能加以认识的；克罗斯去的世界是彼岸世界，也即本体世界，是人们理性不能达到而只能加以信仰的。这两个世界不互通，你看到的克罗斯的鬼魂事实上是不存在的。”

卡特的话让我有些灰心丧气，夜色越来越浓，车窗外的枞树变得像侏儒般矮小，好像都缩到了一起，直到最后，除了悬钩子的灌木丛以及一些地蔓植物外，再也看不到什么了。外面已经漆黑一片，我清楚地看到了映在车窗上的自己，陌生得让我不敢正视。

寒冷渗透开来，夜巨大得惊人。德国人与法国人互掷着手榴弹，打着榴弹炮，这是浮士德的瓦尔普吉斯之夜，魔鬼们骑着笤帚柄互掷着石头。这是不是莫里茨·雷齐大师为《浮士德》所绘的插图？

我一如既往地相信鬼魂的存在，一半的时间里，我害怕这种若有若无的纠缠，另一半时间里，我也喜欢沉溺其中，若不与他们纠缠的话，他们便永远地离我远去了，克罗斯、莱尔、韦斯特胡斯、弗兰茨……

极度的疲惫催我又回到了上铺，角落里一盏橘色的灯照射着我，像烟头上的火光，我的思绪一哄而上。这温暖的灯光勾起了我在坎特拉故乡许许多多平静、幸福的往事，我很愿意挨个去思索它们——我想到了排球赛、我可爱的小女友、坎特拉山温暖的晚风、清洌的河水、苜蓿盛开的季节，可是好像遇到了阻碍，我又什么也记不起了，一切在转动，在下沉，向着黑夜深处滑开去，一切的一切都陷入了旋涡之中……

列车第二次过站时，恰登问我：“要去买份报纸吗？”

“有吗？”

“不过报纸也没什么意思，但我想下车去走走。”

我盖了被褥，伸直了肢体，车厢里大多数人都入睡了，活生生的现实世界，开始溶解消失。

玻璃窗上滴滴答答几声轻响惊醒了我，下雪了，好像是雪霰子。列车停了几分钟，又开始晃悠起来。

恰登进来，递给我一份报纸——德文版的《新闻周刊》，然后他开始靠在一角抽起了烟。报纸上什么新闻都没有，几篇陈年的评论，没提战争。该死的战争，让战争见鬼去吧！

每次过站，列车就会慢下来，然后停上十多分钟，每当这个时候，我总会困倦地望着银白和灰暗的雪花在路灯映照下纷纷斜坠。对，报上说得对，全法国普遍降雪。雪落在中部平原的黑土地上，落到枞树林覆盖的山区，又轻轻地落入塞纳河，再往东，还落在克罗斯、莱尔、弗兰茨和韦斯特胡斯的新坟上，到了后半夜，雪一定会更稠密，会飘积在歪斜的墓碑上、弯弯曲曲的十字架上，不分贫贱尊卑，不分敌弱我强，也不管生与死，寂然无声地落入世间，我的灵魂也慢慢地沉入梦乡。

三

但是不久后，火车停开了，我们从睡梦中被惊醒，卡特打听来的消息是铁轨被炸毁了，只是谁都没把这事当成一桩坏事。有几个一瘸一拐的德国兵开始在走廊上走动了，两个小时后，我们都熟悉了，这列火车上有腹部和脊椎受伤的，还有头部中弹受伤以及双臂都截肢的病员，前半列车厢中还躺着几个不会动的、中毒气的、脖颈受伤的、眼睛瞎了的，还有下颌骨、肺部和骨盆受了枪伤的。在这里，大家可以看到，一个人身上到处都可以中弹。

有一个人上火车时还活着，但是现在死了，他的皮肤变得惨白，渗着绿色，四肢僵硬，到最后只有他的一双眼睛还活着——久久地睁着。他边上还有一个被炮击的伤员，他被纱布缠得像一个木偶，四肢被高高架起，伤口下面放着盆，脓水正滴进盆里，每隔一段时间就会有护士来清理。

卡特说，这样的人在德国有成千上万，在法国有成千上万，在俄国也有成千上万。伤口的脓血和死亡是我所认识的人生。绝望、恐惧以及苦难交织在一起的是最无意义的浅薄，几千年的文化都无法阻止血流成河，各国人民正在相互敌视，相互杀戮。

我对死亡产生了崇敬之情，因为它多么强有力地显示出什么是战争！

克罗斯已经把自己藏好，不致为饿狼所侵害。

我想知道我是否还生存着，真的，我这样算是生存着吗？我必须杀戮与我一样的生命，才能活下来，若他不死，我便不能生。

还有谁没见过死亡
就像路边的向日葵
已经无数次看见太阳
毁于尘土和大雨

我和恰登观察了一下车窗外的景况，一排矮树丛、一排梧桐树、一条微微发白的碎石路、一些乱七八糟的枯叶。我还看到树丛后面有亮光在闪动，恰登说这是狼在窥伺。

我本想反驳他，但转念一想，若那是游击队员的眼睛，倒还真是狼的眼睛更好些。

卡特挨着角落坐在床上，一言不发。

列车内越来越冷，恰登去要来了一壶热水，他还搞到了一饭盒的扁豆，我贪婪地斜看了一眼，努力克制住了自己。

“若是前方宣布停战，恰登，你会做什么？”我挨着恰登坐了下来。

“离开这个鬼地方。”

“那是自然，离开以后呢？”卡特似乎对这话题也感兴趣。

“我就喝个酩酊大醉，睡上三天三夜。”恰登认真地说。

“我也是这样。如若不然，究竟该做什么呢？”

“女人，如果现在就出现和平，那就又会有女人了，不是吗？”

“那真不赖。”

“你们好，我是阿舍尔，能和大家在这儿相遇很荣幸。”有人加入了我们的三人讨论小组，他的头发很卷，衣服很干净。后来我们才知道，他是阿舍尔少校。

“牛屎怎么会到屋顶上来呢？”他言简意赅。

他看了看卡特和恰登，又看了看我：“我们德国人只怕上帝，此外不怕世界上任何人……”

我认为他说得也不全对，但我不想争论。

我们的伙伴死了，我们没能帮助他们，他们死在了荒郊野外，他们安息了，谁知道我们又会发生什么事呢？我想躺下来休息、睡觉，或是吃东西，胃能容纳多少就吃多少，还有喝酒、抽烟，让时光不致在无聊中度过，因为生命是短促的。

死人被抬了出去，我又变得忧伤起来。

一小时后，我们发觉我们的列车又在行驶了。

“我们要去哪儿？”

“去科隆。”

“这不可能。”

“现在我对什么都无所谓了。”卡特笑了笑。

后来，火车又停下来几次，上来几个伤员，抬走几个死去的人和病得实在厉害的伤员。

细粒的雪已经覆盖了周遭，我们没有回科隆，也没有去俄国，而是到了前方一个侦察兵站。我们将被重新整队，开赴前线。

我们在一个废弃的车站下车，路两边停着几辆有栅栏的车子，最先开走的是运送伤员的车辆，剩下的是可以继续上战场的。有一位二等兵过来，他在我们的胸口打了一针预防破伤风的针。

阿舍尔少校对我们说：“奉团队派遣，先头小组已经过河，我们将以一路纵队向西进发，现在为开拔做准备，检查武器装备。”

“长官，我们没有武器。”

“我知道。”

事实上对此他根本无能为力，没有补给，我们就这样赤手空拳跟着部队一直行进。在一个真实的战争故事里，我弄不清楚所谓的道德，也弄不清楚所谓的危险。对我们来说，本能高于一切，还有运气，不错的运气。

四

我们走了好几天，运输车队从我们身旁开过去，车上运的都是大炮。最后我们搭上一辆轻便军车，到了傍晚时分，我们都集中到一个叫朗费士的小镇，我们将在这儿过夜，领取军粮，接受一些含糊的指令。我分到了一支步枪。听卡特说，我们已经被编进了一个流动师。

就这样，我的假期取消了，但我并不十分难过。

晚上我在营房里四处闲荡，寻找我熟悉的朋友，但一无所获，我熟悉的战友已经被分到天南地北，当然也可能是天上地下。我和恰登被编入了一组巡逻队，安顿下来的晚上，我们就被派出去侦察，弄清楚敌人的阵地有多远，敌军的火力有多强。卡特自告奋勇，他报告跟我们一道去，我试图振作起来，告诫自己这不是第一次巡逻，也不是一次特别危险的巡逻。

我们商定了一个计划，蹑手蹑脚地穿过铁丝网，然后大家分开，一个个向前爬行。过了一会儿，我发现一个很浅的弹坑，我的身子就滑了进去，我从这里向外窥视。

“好厉害，这儿打得可不轻。”恰登在说话。

一片可怜的树林，树干都折断了，土地被炸开了，还有一些非常可怕的窟窿。那些树枝上挂着好几个死人，有一个被卡在枝丫中间，只有半个身子，身上毫无遮掩，只是头上还戴着一顶钢盔。

“这里发生了什么？”我问。

“这是迫击炮打的。”卡特说，“他们的衣服都被炸掉了。”

“被迫击炮击中，身上穿的衣服会被炸得一点儿不留，这是气浪冲击造成的。”

我们站了起来，继续寻找。情况确实如此，军服碎片和粘着渗出血的一块块碎肉四处都是，这些碎肉该是那个人的肢体。不远处还有一具尸体，他只在腿上贴着一片衬裤，脖子上围着军服的上衣领子，衣服被挂在一旁的树上，两条胳膊都没有了，它们好像是旋转着被扯下来的，我在二十来米外的灌木丛中发现了他的手臂。树叶都破碎了，好像被巨人疯狂地踢过。

“这不是开玩笑。”

“肚子里有榴弹碎片儿也不是开玩笑。”

“千万不要太重感情。”

所有这些事情发生的时间都不久，因为血还是新鲜的。由于我们没有发现生还的士兵，我们也就没有在这儿多耗时间。

一颗照明弹炸开了，整个地带在惨白的光线中僵住了，随后黑暗又合拢，比先前更黑了。

糟糕的事在一瞬间发生了。中等的机关枪火力从四面八方扫射过来，虽然不是太猛烈，但足以压得人无法直起身子。

我对自己说，我的惊恐不安是毫无意义的。卡特靠得我很近，让我稍微感到一些安慰。混乱中，各种各样的想法在我脑海里撞来撞去，我仿佛看到那手指修长的俄国俘虏，是的，是我放走了他，我就是喜欢做一些离经叛道的事，他把手指扣在铁丝网上，脸色惨白；我清晰地看着莱尔把美味的鹅肉一片片切下来，端给了我;伊尔泽穿着白色的连衣裙正帮我擦拭汗水。我在幻想中又看到了一支支步枪那灰暗、冷酷无情的枪口，我把头埋得很低，低到泥土里去，我的额头湿漉漉的，我的双手在颤抖，这不是什么别的，只是一种可怕的恐惧发作，一种最简单、普普通通、连狗都会有的恐惧，就是怕把头伸出去，怕被子弹击中。我的四肢紧紧贴着大地，我无法向前，便决心躺在那里，我只有一条命可以送。

我试图转动我的头，但枪口总是在暗中窥视，毫无声息地跟着移动，汗水从我每一个毛孔冒出来。

我把身子稍稍向上抬起，眺望四周，我的脖子很酸痛，眼睛很干涩，凝视着黑暗，跟往常没有什么区别。一颗照明弹直往天空蹿，我又把身子紧贴到地面上。

的确有很长时间没有上战场了，我变得不那么灵活了。我恐惧地原谅自己，我慢慢地试探着把身子抬起来，把两条胳膊向前伸去，拖着我的身体，于是我的半个身子就贴在弹坑的边缘上。

这时候，我听到了响声，我迅速地往后缩。尽管有大炮隆隆的轰鸣声，但我还是听到了一些声响，我用心谛听，那声响在我的后面，那是我们的人在战壕里走动发出的响声，此刻我也听到了低沉的嗓音，说话的人很可能就是卡特。

一股暖流一下子通过了我的全身，这些嗓音，那几句低语，以及稀稀落落几声脚步声，把我从恐惧死亡的可怕孤独中拉了出来，这孤独差点儿毁了我。它们比我的生命更加可贵。

五

1940 年的战火是史无前例的。

装甲车将堆砌路障的石头推到了一边，隆隆地开进蒙特梅和色当之间的马斯河，四百架俯冲式轰炸机不停地对马斯河南岸的法军阵地和炮兵群进行了长达八小时的狂轰滥炸。炸弹铺天盖地落下，持续地轰炸使一些法军官兵的精神产生了崩溃现象。

一个月后，我莱布尼兹·杜德成了连里唯一的幸存者，但脑部受了重创，总是感觉有一辆呆头呆脑的有轨电车，咣当咣当地在我脑海中来来往往。我想不明白自己应该是庆幸还是悲哀，总感觉自己在风暴眼中，在一片喧嚣骚乱裹挟之下向前移动，处在中心的我麻木不仁，了无知觉。而另外一百四十七名德国兵已经躺进了一场煞有介事的战争中，他们曾发誓用果树覆满大地，但最后他们只用鲜血浸透了它。

我听人说，当时我所在的古德里安部孤军推进，暴露了翼侧，这对执行反突击任务的法国第二十四军第三装甲师和第三摩托师来说，是一个绝好的机会，他们完全可以从翼侧实施迅速而大胆的穿插，分割冒进之敌，这样一来，极有可能改变整个战争的进程。但是，他们竟然放过了这个稍纵即逝的战机。

战争中永远会有这样的情况，以为所有的事情都集中这一点，这一点很重要，甚至可以改变一切，但事实并非如此。

寂静的午后，我通过一条长长的甬道，来到一个陌生的地方，这里不是我曾经追求的自由之地，而是另一座铁丝网环绕的牢房，我重新见到那位身材颀长的俄国人和那些死去的战友和一些敌人，他们一样啃着坚硬的面包片就着稀薄的汤，毫无表情，并且没有一个人认得我，这让我沮丧而发疯。而另一边，我看到了自己和卡特、恰登牢牢死守着阵地，用他们不堪一击的武器瞄准隆隆推进的装甲车最脆弱的部位——它们的轮胎，进行射击。他们大获全胜，装甲车像一群受伤的动物一样，一瘸一拐地退回到防线之外。他们的顽强抵抗为大家赢得了一份珍贵的礼物：一个晚上的生存机会。

不久后，有医生拆掉了我身上多余的导管，我被宣布脑死亡，那一场并不算惨烈的战争终于失去了它最后的亲历者。

再过两个小时，当夕阳触到坎特拉山时，整个法国和德国就会熊熊燃烧起来，并不情愿地合为一体，和着那远远近近令人绝望的寂静。